ただ制服を着
神田暁一郎
illust.40原
EDEN

準備を終わらせた彼女が、
再び真横に戻ってきた──

「じゃあ今夜も――抜いてあげるね？」
藤村 明莉
女子制服を着た19歳。
ある事情から広巳と
同居することに。

「店長って……いいパパさんになりそう」
杉浦 琴子
広巳の職場のサブリーダー。
責任感が強く真面目な性格。
スギウラ
堂本 広巳
職場と家を往復する
日々を過ごす社畜。

「うれしい〜！
嫌われたかと思ってた〜！」
篠田 舞香
広巳の職場に勤める
フリーターのギャル。
トリプル オー
ドウモ

「はい、お味噌汁運んじゃってください
……なにボーッと突っ立ってるんですか？」

「いや、ちょっと、あの——」
俺が風呂からあがると、
テーブルにはずらりと
料理が並んでいた。

CONTENTS

＋＋＋

ただ制服を着てるだけ

神田暁一郎

GA文庫

カバー・口絵　本文イラスト
40原

+++ プロローグ +++

prologue

夜もたけなわに差しかかり、行き交う人々によって混雑の様相を呈している地下鉄の構内。ごった返す人波を抜けて、地上へ続く階段を上りきると、ここ数ヶ月ですっかり見慣れた景観が目の前に広がった。

格安居酒屋の暖簾《のれん》に続々と吸い込まれていく、笑い声だけやたら甲高《かんだか》い若者の集団。背中を丸めてこそこそと個室ビデオへ忍び込む、くたびれた背広。器用なのか無謀《むぼう》なのか、ヒールで歩きスマホをする厚化粧《あつげしょう》のお姉さん。

金曜の夜ということもあってか、繁華街の空気は一段と活気づいている。

その中へ溶けこんでいくように、俺《おれ》は歩みを速めて目的地へと向かった。

通りに面した雑居ビル。その四階にある、美少女キャラのイラストが掲《かか》げられたスチール扉。いかがわしさも甚《はなは》だしいが、いまさらドアノブを回す手に躊躇《ちゅうちょ》は生まれない。

「こんばんは、堂本《どうもと》さん。いつもありがとうございます」

受付カウンターの中、すっかり顔なじみとなったイケメン店長さんが、白い歯を見せて出迎えてくれる。

およそ三ヶ月もの間、毎週のように通っていれば、扱いもすっかり常連のそれだ。

「今日も『あゆみ』をご指名ですね」

「は、はい……」

「ありがとうございます。——そうだ、新人で可愛《かわい》い子が入ったんですけど、よかったら次回あたりどうです？」

「はは、考えときます……」

会話もそこそこに財布を取り出す。予約は事前に済ませてあるので、コルクボードに貼《は》られた写真の中からお相手を吟味《ぎんみ》する必要はない。

「では、ごゆっくり」

料金の支払いを済ませ、俺は慣れた足取りで店の奥へと向かった。

扉代わりの遮音《しゃおん》カーテンを開き、六畳《ろくじょう》ほどのＶＩＰルームに入室する。

『俺の部屋』と銘《めい》打たれたこの部屋のコンセプトは、ずばり男子高校生の自室だ。

勉強机の上には教材や筆記用具が散乱し、部屋の隅を見れば、使用感の見えない真新しいアコギが立てかけられている。

他にもテレビやゲーム機、誰《だれ》もが知っている王道の少年マンガ、世界的サッカー選手のユニフォームと、微に入り細をうがって作り込まれた部屋の内装には、店長さんの並々ならぬ熱意を感じ取ることができる。

「親の不在を見はからって彼女を連れ込む高校生の気分を味わってください！」

そんな熱いメッセージが聞こえてきそうだ。

残念なイケメンっていうのは、まさにああいう人のことを言うんだろう。

しかし残念ぶりで言えば、今年で三十歳を迎えるというのに、こんな遊びにハマってしまっている自分こそ残念極《きわ》まりなくて、彼のことをとやかく言う権利はひとつもないのだが。

そんなことを考えながら、ベッドの縁《ふち》に腰かけて持ち込みのミネラルウォーターで喉《のど》を潤《うるお》していると、程なくしてご指名の彼女は現れた。

「お待たせで～す」

愛嬌《あいきょう》たっぷりに言いながら、寸詰まりのスカートを翻《ひるがえ》して、肩《かた》が触れるすれすれの距離まで接近してくる。

「うおっ」

ぶつかってもおかしくない大胆な距離の詰め方に、俺はたまらずペットボトルの中身をズボンにこぼしてしまった。

「わっ、ごめんなさい！」

すぐに彼女がティッシュで拭《ふ》いてくれるものの、場所が場所だけに――股関節《こかんせつ》に近い内もものあたりだ——逆に困ってしまう。

「だ、大丈夫、水だから」

「そう？　それもそっか！」

お気楽な調子で言うと、彼女は俺の膝《ひざ》をペシッと叩《たた》いてみせた。

それをスイッチ代わりにして、一転、雰囲気をガラリと変えてみせる。

「で、どうしましょっか」

かき上げた黒髪の向こう、端正な顔立ちに浮かぶのは、ゾッとするぐらいに色気が漂《ただよ》う蠱惑《こわく》的な微笑《ほほえ》みだ。

「いつものアレでいい？」

「……あぁ」

「は～い。……ふふ、広巳《ひろみ》さんってほんとにアレ、大好きだね？」

互いの息づかいが聞こえるほどの至近距離から注《そそ》がれる、弄《もてあそ》ぶような含みある視線。

思わず目をそらすも、視界の中にあるのは健康的な生足だったり、真っ白なブラウスを押し上げる胸の膨《ふく》らみだったり、プルプルと艶《つや》めくサクランボ色の唇《くちびる》だったり——どこにも逃げ場はない。

「すぐ準備するから、ちょっと待っててくださ～い」

そう言って立ち上がった彼女を眺《なが》めながら、俺は内心で懺悔《ざんげ》する。

本当はわかっているんだ、問題は逃げ場の有無《うむ》なんかじゃないってことは。

現に今、俺の視線は目の前で揺れるスカートと、そこから伸びる肉付きの良い太ももに、どうしようもなく吸い寄せられてしまっている。

まったく恐ろしいことだ。いたってノーマルな性癖《せいへき》の持ち主である自分でさえ、こんなにも夢中になってしまうのだから。

きっとこの衣装には魔力が――いや、衣装も含めた「記号」そのものに、抗《あらが》いようのない魅了の魔力が宿っているのかも。

「ＪＫ」――それはきっと、愚かな男どもを惑《まど》わす魔法の記号だ。

しかし目の前にいる彼女は、決して触れてはならない禁忌《きんき》の魔法ではない。

水色のリボンをあしらったブラウス。

気怠《けだる》げに着崩したブレザー。

くるぶし丈《たけ》のスクールソックス。

膝上二十センチのプリーツスカート。

どこからどう見ても、まごうことなき制服姿の彼女は、しかし現役《げんえき》の女子高生にあらず。

ＪＫではないが、極めてＪＫに近い、ただ制服を着ているだけのグレーな存在――それが彼女たち、「ＪＫリフレ嬢」の正体だ。

そう、ここは、女子高生のコスプレをした女の子から、個室で諸々《もろもろ》のサービスを受けることができる大人のお店――いわゆる「JKリフレ店」で、俺はすっかりその魅力にハマってしまった、愚かな客の一人というわけだった。

「見られるのはいいんですけど――」

不躾《ぶしつけ》な視線に感づいたか、彼女が首だけ振り向かす。

「――これ以上は、別料金ですよ？」

そうして背中越し、挑発的な眼差《まなざ》しをくれながら、見せつけるようにスカートの裾《すそ》をそっと持ち上げてみせる。

「っ――」

目のやり場に困ってまごまごしているうちに、準備を終わらせた彼女が、再び真横に戻ってきた。

「ふふ、お待たせ♪」

媚《こ》びているのがあからさまでも、問答無用《もんどうむよう》に男心をくすぐってくる、鼻にかかったアニメ声。

さりげなく膝を撫《な》でさすってくるたおやかな指先は、ジーンズ越しでもはっきりと、その柔らかな感触を感じ取ることができる。

そして、呼吸するたびに意識せざるを得ない、女の子特有の自然で甘い香り。

五感に働きかけてくる刺激の数々に、頰《ほお》の緩《ゆる》みはどうしたって抑えきれるもんじゃない。

「それじゃ今夜も――抜いてあげるね？」


愚かに見えるだろう。低俗に思われるだろう。

しかしどうか聞いてほしい。家と職場を往復するだけの、仕事一辺倒な人間だった俺が、どうして週一で通い詰めるほどのヘヴィなリフレユーザーになってしまったのか。

事の発端《ほったん》となる出来事は、およそ三ヶ月前にさかのぼる――

一章　沼への呼び水

episode 01

二号店の店長をやってみないか。

アルバイト先のコンビニで、オーナーからそう話を持ちかけられたとき、正直気乗りはしなかった。

やりたくないから、ではなく、単に自信がなかったからだ。

それでも、「堂本君《どうもと》が断るなら二号店は諦《あきら》める！」とまで言い切られてしまえば、こちらとしてもやぶさかではない。

そうして首を縦に振った俺《おれ》は、数年間社員として経験を積んだ後、晴れて新規オープンした二号店の店長に就任したわけだ。

幸い、経営はうまくいった。むしろうまくいきすぎて、オープン当初は帰る暇《ひま》もないほどだった。

繁忙極《はんぼうきわ》まる中、とにかくがむしゃらに働き続けて、今年で四年目。忙しさは相変わらずだが、それでも業務が楽になってきた実感があるのは、自分を含めた従業員たちの成長があってこそだろう。

特に、オープニングスタッフとして採用した篠田《しのだ》の成長は大きい。

篠田舞香《まいか》。明るい茶髪に派手なメイクと、見た目そのままにギャルなのだが、なかなかどうして、こいつが働き者なのだ。

決して仕事をバリバリこなせるタイプじゃない。本音《ほんね》を言えば、最初の頃はクビ候補だったくらいだ。

それでもやる気だけは人一倍で、こちらも根気強く育てた結果、今や俺の留守を預けられるレベルにまで成長してくれた。

こいつがいなければ店が回らない——とまではいかないが、少なくとも俺の負担は今より倍増するだろう。

辛抱した甲斐《かい》があったと、しみじみ思う。本当にこいつには、公私ともに苦労させられたのだ。

ミスの尻拭《しりぬぐ》いや、仕事に関する愚痴《ぐち》なら、まだいい。しかし篠田の場合、プライベートに関する愚痴というか、相談事があまりにも多すぎて、正直うんざりするほどだった。

それも相談の内容ときたら大抵が男絡みで、やれ彼氏に浮気《うわき》されただとか、財布から金を抜かれただとか。

そんなダメ男とは別れろと、至極《しごく》真っ当な助言を授《さず》けてやっても、「それでも好きなんです……」やら、「彼氏と別れたら店長、付き合ってくれますか」やら……本当に手を焼かされてきたのだ。

　だがオープンから三年以上経過し、篠田も今年で十九歳。成人一歩手前だ。きっとそのあたりも成長したに違いない。

　したはずだ。したよな？　してないなんて言わせないぞ。

「――店長ぉ～！　聞いてください～！　彼氏がひどいんです～！」

　期待した俺がバカだったな。

　まぁ、そうは言ってもまだまだ未熟な十代の少女、ここは大目に見て愚痴の聞き手くらいにはなってやろう。

　現在時刻は、夕方のシフトが終わって間もない、夜の十時を少し過ぎたあたり。

　夜勤の人間が働いている手前、そう長いこと事務所内で話しているのも気が咎《とが》めるので、できれば手短に済ませてほしいところだが……はてさて。

「なんだ、また喧嘩《けんか》でもしたのか」

「喧嘩っていうか、行き違いっていうか……。確かに隠してたのは本当だし、そこはあたしが悪いかもだけど、でも原因はあっちが――」

「待て待て。まずは事情を説明してくれよ」

「ご、ごめんなさい……」

　いったん息を落ち着かせると、篠田はどこか決まり悪そうに言った。

「えっとですね。……実は少し前に、バイトを掛け持ちでやってたんですけど……」

「掛け持ち？」

初耳の情報に、声色《こわいろ》が少し驚いた調子になってしまう。

それを糾弾《きゅうだん》の気配と勘違いしたか、篠田は弾《はじ》かれたように頭を下げてみせた。

「ご、ごめんなさい～！　もうやってないです～！」

「いや、別に構わないんだけどな……」

誤解だと説明してやっても、篠田は叱《しか》られた犬のように「しゅんっ……」と項垂《うなだ》れてしまう。

このギャル、派手なビジュアルに反してメンタルは紙だった。

致し方ない。このまま放っておくと一人で勝手に落ち込み、「店長に嫌われたぁ～！」とか陰でパートさんに泣きつくことは目に見えているので、欠かさずにフォローを入れておくことにしよう。

「しょうがない。時給マイナス千円で大目に見てやろう」

ふざけた調子で言って笑顔を見せてやると、篠田は一転して安堵《あんど》に頰《ほお》を緩《ゆる》めた。

「ひどいです～！　ほぼタダ働きじゃないですか～！」

「なあに、朝から晩まで働きゃいいんだよ」

「ブラック～！」

自己肯定感の低い篠田のような子は、仕事の中で受けるちょっとした指導や注意にさえ酷《ひど》く自尊心を傷つけてしまうもの。ケアは万全にしておくことに越したことはない。

「で、バイトの掛け持ちがどうしたって?」

「えっと、掛け持ちでやってた方の仕事なんですけど、友達がやってて、それで紹介してもらったんです。……それがですね、なんていうか、ちょっとあれな感じで……」

奥歯に物が挟まったような言い方に、俺の内心はにわかにざわめく。

「……いかがわしい仕事なのか?」

『貧困女子』なんて言葉が市民権を得るほど、女性の貧困が社会問題と化している昨今《さっこん》、生活のために性を売り物にするのも珍しくない時代だ。

生きるための手段である仕事に貴賤《きせん》をつける気はないが……身近な人間が、それも娘のように可愛《かわい》がっている篠田がそういう仕事に手を出したとなると、身勝手だとわかっていてもついつい口を挟みたくなってしまう。

「いや、いかがわしくは……あるんですけどぉ……でもでも、直接的なプレイはない、健全なやつなんですよ!　JKリフレって言うんですけど、知ってますか?」

JKリフレ――初耳のような、聞き覚えがあるような……。

記憶の引き出しを探ってみると、いつか見たニュースの映像がフラッシュバックした。

「あれか。マジックミラー越しに女子高生を観察する店、みたいな」

「あ、それは違います。そっちは見学店って呼ばれてるやつで、リフレは……個室でイチャイチャして遊ぶお店って感じです」

どうやら色々な業態があるようだが……ひとつ、どうしても解《げ》せない点があった。

「そもそもお前、女子高生じゃないじゃん」

ＪＫと銘打たれているのだから、当然、サービスする側は女子高生なのだろう。

しかし篠田は今年で十九歳になる、歴《れっき》としたフリーターだ。それでは看板に偽りありではないか。

「現役《げんえき》じゃ逆に雇ってくれませんよ？　元々は未成年もいっぱい働いていたらしいですけど、今は規制が厳しくなったみたいで、働いてる子はみんな十八歳以上の子ばっかですもん」

「……それでＪＫと名乗っていいのかよ」

「若い女の子が制服着てれば、それでいいんじゃないですか？」

「身も蓋《ふた》もねえな……」

辟易《へきえき》として息を吐き、俺は話を続けた。

「……で、そこで働いていたことが彼氏にバレて喧嘩勃発《ぼっぱつ》、と」

「はい……」

「う～ん……。彼氏が怒るのも当然だと思うけどな……」

正直な意見が苦笑と一緒にもれる。

しかし篠田にしても言い分はあるようで、口角泡を飛ばす勢いで経緯を説明しだした。

「だって！　聞いてくださいよ！　お金が必要になったのも、元はといえば彼氏がバイクで自損事故起こして、怪我《けが》が治るまで働けなくなったのが原因なんですよ！　あいつ、貯金なんてないし、バイクの修理費と一緒に生活費貸してくれって！　あたしだってそんな余裕ないし、シフト増やしたくても空《あ》きないし！　ていうか振り込みまで時間かかるし！　それで友達に相談したら、リフレなら日払いだし自由出勤だから、空いてる時間で稼いでみなよって……あたしだって好きでやったわけじゃないのに！　それなのに責められるっておかしくないですか⁉　だいたい自分にもっと稼ぎがあれば――」

格闘《かくとう》ゲームのハメ技みたいに途切れることなく続く篠田の愚痴。

為《な》す術《すべ》なく耳をサンドバッグにされていた俺を救ってくれたのは、コンコン、という控えめなノックの音だった。

「失礼します」

慇懃《いんぎん》な一言とともにドアから姿を見せたのは、深夜帯の責任者である社員の杉浦《すぎうら》さんだ。まだ年若い二十代半ばの女の子だが、仕事のスキルはべらぼうに高く、責任感も人一倍あるので、うちの店で初めてアルバイトから社員登用した優秀な従業員だった。

「篠田さん、売り場まで声、聞こえてきてるので。もう少し静かにお願いできますか」

フレームレスの眼鏡《めがね》越しに剣呑《けんのん》な視線が放たれる。プレッシャーに弱いことで定評のある篠田に抗《あらが》う術はない。

「ご、ごめんなさい……」

「いえ。ほどほどにお願いしますね」

にべもなく言うと、杉浦さんは颯爽《さっそう》と売り場に戻っていった。

仕事は誰《だれ》よりもこなすものの、コミュニケーション能力に少々難があるところが、彼女の唯一と言っていい欠点だった。

「………」

押し黙る篠田だが、その心持ちは手に取るようにわかる。

『なにあれ！　社員になったからって調子乗って！　あたしの方が先輩だし！』


大方、こんなとこだろう。

後から入ってきたにもかかわらず、古株の自分を差し置いて社員登用された杉浦さんに対して、篠田がやっかみを感じているのは薄々だが伝わってくる。

明言しないのはおそらく、俺が杉浦さんを高く評価していることを考慮して、あえて口を閉ざしているのだろう。

一見問題なく接しているようで、実は水面下でバチバチにやり合っているのが、仕事場における女同士の関係というもの。

……人を雇用するのって本当に大変だなぁと、しみじみ思わされる。

「あー……久しぶりに飲みにでもいくか？　まだまだ吐き出し足りなそうだしな」

「えっ！　ほんとですか！」

気を遣い誘ってやると、不機嫌《ふきげん》だった表情に一転、ぱっと喜色が差す。

浮き沈みが激しいというか、なんというか……マンガやアニメのキャラだったら、確実にチョロイン認定されていそうだ。

「うれしい～！　最近店長、全然誘ってくれないから、嫌われたかと思ってた～！」

「彼氏持ちの子を無闇《むやみ》に誘えないだろ……」

今回だけは特別だ。

ちゃんと彼氏に連絡だけはしておけよと、そう言い含めて帰り支度《じたく》を始めるも――そこへ待ったがかかる。

「――あっ！　そうだ……、このあと、友達と会う約束してたんだ……」

「そうなのか」

「さっき話した、リフレの仕事を紹介してくれた子なんですけど……相談乗って～って、あたしから誘っちゃったんです……」

自分から言い出した手前、断るに断りづらいか。

頭を抱える篠田に、俺はさして深く考えることなく提案した。

「なんだったらその子も誘ったらどうだ」

「えっ、いいんですか？」

「その子さえよかったら、俺は構わないよ」

「やった！　確認してみます〜！」

嬉々《きき》とした様子でスマホをいじくりだす篠田。

その姿を横目に、俺は財布の中身を補充するため、店内に設置されているＡＴＭコーナーに足を向けた。

――それが、踏み入った者の骨の髄《ずい》まで溶かしうる、底知れぬ『沼』へと続く一歩目だとも知らずに。


タバコはやめられたが、困ったことにこいつだけはどうしてもやめられない。

「――っ〜〜」

中ジョッキに満たされた黄金の液体を喉《のど》に流し込むと、えも言われぬ幸福感が中枢神経を駆け巡る。あぁ、仕事終わりのビールはどうしてこうも美味《うま》いのだろう。

ジョッキで飲むとなおさら美味《びみ》で、際限なく飲めるような錯覚に陥《おちい》ってくる。

　ピッチの速さは自覚していたものの、どうにも歯止めがきかないのには、自制心の足りなさ以外にも理由があった。

「それ何杯目ですか？　お酒、強いですね」

　掘《ほ》り炬燵《ごたつ》式のテーブルを挟んだ正面から、呆《あき》れと感心、どちらとも取れる言葉が投げかけられる。

「あぁ……俺の身体には血液の代わりにビールが流れているから」

　本音を言えば、初対面の相手に会話がもたず、ついつい酒で沈黙を埋めてしまっていただけだ。

「ふふ、なにそれ」

　しかし相手の方は特に居心地《いごこち》悪いふうでもなく、俺のクソつまらない冗談にも楽しそうに笑ってくれている。

　目と口角が連動し、上顎《うわあご》側の歯だけが露出した、理想的なビジネススマイル。

　実に良い笑顔だ。これはぜひともレジに立たせておきたい人材だと、職業柄ついつい思ってしまう。

「トマトスライス、独り占めしちゃっていいですか～？」

「どうぞどうぞ」

「ありがとうございま～す♪」

しかし意外だった。篠田の友人というから、もっと派手目なギャル系の女の子を予想していたのに、やってきたのはこの、いかにも垢抜《あかぬ》けた雰囲気の女の子ときた。

藤村明莉《ふじむらあかり》ちゃん。さん、と呼ぶべきか。

向かい合っているのをいいことに、俺は藤村さんの外見をしげしげと観察する。

毛先が肩《かた》にかかる程度に揃《そろ》えられたミディアムボブの黒髪は、飾り気はなくとも手入れの行き届きを証明するように、高級な織物のような光沢を帯びている。

くっきりとした平行眉《まゆ》の下、涙袋とセットになった黒目がちな瞳《ひとみ》には、自信家であることを窺《うかが》わせる意志の強さが湛《たた》えられていた。

有《あ》り体《てい》に言って、美少女だ。

しかしその美貌《びぼう》は、決して『絶世の』という修辞が似つかわしいものではなく、良く言えば愛嬌《あいきょう》のある、悪く言えばお手頃《てごろ》な顔立ちだった。

十年近くサービス業に従事してきた身だからこそわかる。この子は圧倒的に、おっさんウケするタイプの女の子だ。

顔立ちも含めて、言動の端々からにじみ出る人懐《ひとなつ》っこさに、意外と繊細な生き物であるおっさんたちは、安心感を拠《よ》り所にした下心を抱くこと待ったなしだろう。

「それにしても、舞香のやつも勝手ですよね」

トマトスライスを摘まみながら藤村さんがぼやく。俺も同調して、まったくだと頷《うなず》いた。

篠田の愚痴聞きとして催《もよお》された今回の飲みだが、肝心《かんじん》の主役が開始三十分足らずで退場という緊急事態に見舞われていた。

というのも、絶妙なタイミングで彼氏から連絡が入り、相手の方から自分の非を全面的に認めたというのだ。

となると我らがチョロインの篠田嬢、完全にほだされてしまい、「やっぱり優しいんです～！」なんて調子で惚気《のろけ》るだけ惚気て、愛する彼氏の元へとそそくさ帰っていってしまった。

残された俺と藤村さんは、ほぼ手つかずの料理を目の前にして切り上げるわけにもいかず

──今ここ、といった感じだ。

「今頃《いまごろ》、絶対ヤってますよね……！」

「ど、どうかな……」

初対面だというのに下ネタを躊躇《ちゅうちょ》しないとは、見た目はさておき中身はギャルっぽいようだ。

「でも良かった。一度会ってみたかったんですよね、店長さんに」

「俺に？　どうして？」

「舞香によく相談されてたんですよ。──好き好きアピールしてるのに店長がぜんぜん振り向いてくれな～い！　って。それでどういう人か、ずっと気になってたんです」

「あぁ……。あいつは男いないとダメなやつだからな。恋愛感情ってよりも、一番身近にい

る異性の俺に、ただ依存したいだけだと思うよ」

「あははっ、よく見てますね～」

しばらくの間、共通の知人である篠田を話題にして盛り上がることができたが、それも長くは続かなかった。

「…………」

「…………」

不意にやってきた会話の凪《なぎ》。気まずさから抜け出すためにも、俺はとっさの判断で話題を投げる。

「そうだ。篠田から聞いたけど、藤村さんは……なんだっけ……ＪＫリフレ？　ってのに勤めてるんだって？」

何気なく投下したトークテーマだったが、どうやらこれは藤村さんにとって地雷だったらしい。

「まぁ、はい、そうですね」

どこか曇《くも》った表情と、歯切れの悪い返答。俺は己《おのれ》の失態を自覚した。

「……ごめん、知られたくない感じだったか」

ＪＫリフレが明らかな風俗ではないにしても、どうしたって性が絡《から》む仕事だ。そうそう他人様《ひとさま》に知られたくはあるまい。

「いえいえ。舞香に口止めしておかなかった私も悪いし。……それに、そこまで頑《かたく》なに隠しているわけでもないですしね」

「そう？　だったらいいけど……」

そもそも、ＪＫリフレとはいったいどのような仕事なんだろう？

篠田が言うには、「直接的なプレイはない、個室でイチャイチャして遊ぶだけの健全なお店」らしいが……俺にはそれだけで十分、不健全に思えてしまう。

完全に興味本位だったが、他にめぼしい話題もない。俺は意を決して尋ねてみることにした。

「……もしよかったらでいいんだけど、そのＪＫリフレについて教えてくれないかな？」

単純な知的好奇心は、しかし別の意図として解釈されてしまったらしい。

「あれ？　興味ある感じです？」

ニヤリと、含みのある笑みを作る藤村さん。

いや待てそうじゃない——なんて言い訳する暇もなく、二の句が継がれた。

「いいですよ～、なんでも聞いてください」

「……ありがとう」

ことさら弁解するのもみっともないので、あえて誤解されたまま話を続けることにしよう。

「ＪＫリフレっていうのは、女子高生のコスプレをした女の子と個室でイチャイチャできるお店……って認識で合ってる？」

「合ってますね」

「ってことは……風俗のお店なのか？　篠田は健全だって言ってたけど、どうにも信じられないというか……」

「リフレは風俗か否か……う〜ん……」

おとがいに人差し指を当て、考えることしばし、藤村さんは言った。

「店長さんにとって、風俗の定義ってどんなですか？」

「風俗の定義？　……ん〜……定義かどうかわからないけど、パッと思いつくイメージだと、デリヘルとか？」

「デリヘル＝風俗。うん、そうですね。今はデリが主流なんで、そのイメージは間違ってないと思いますよ」

適当に答えただけだったが、正解をかすめることができたらしい。

「簡単に言うと、性交類似行為をサービスとして提供するのが風俗——性風俗って定義されてるんです。ようはヌキがあるかどうか、ですね」

「な、なるほど……」

「それで言えば、ＪＫリフレは風俗とは呼べないですね。リフレってリフレクソロジーの略称で、医療行為にあたらない簡単なマッサージのことなんです。ただ——一口にリフレと言っても、業態が店舗型と派遣型のふたつに分かれてまして」

「ほお？」

「店舗型はお店を構えて、来店したお客さんに健全の範疇《はんちゅう》でサービスするところが大半なんですけど、逆に派遣型は、お客さんの要望に応じてホテルやレンタルルームに女の子を派遣するシステムになっているんです」

「え」

「だから派遣型では、密室をいいことにとても健全とは呼べないサービス——まぁ、ヌキが行われているのが実状なんです」

「ちょっと待って、それって——」

ホテルやレンタルルームに女の子を派遣させて、性的なサービスを行うと？　そんなのまるで……。

「——デリヘルと同じじゃないか？」

「あはは、そうですね。派遣型は実質、デリヘルみたいなものです。お店によっては実際にデリヘルとして届けを出して営業してるところもあるし、逆に既存のデリヘル店がリフレを名乗ったりする場合もありますね」

「……つまりJKリフレの中でも、店舗型は健全で、派遣型は不健全と、そういう棲《す》み分けがあるってことか」

　この認識は正しかったようで、藤村さんは我が意を得たりと頷いてみせた。

「ま、派遣型でも健全営業してるところもあるし、店舗型でも未成年雇ってヤバい営業しているモグリの違法店も、中にはあるんですけどね」

一概に定義することができない、グレーゾーンな業種ということか。闇《やみ》が深そうだ……。

「ちなみに私が働いてるのは店舗型の健全店なんで、ヌキは一切《いっさい》なし。むしろやったら即クビにされますから」

「それはそれで厳しい……のか？」

「オーナーさんの方針なんですよ。リフレはあくまで癒《い》やしを売るところだっていうこだわりがあるみたいです。……まぁそれでも、ヌキ目的のお客さんは少なくないんで、あしらうのが面倒なんですけどね～」

なんでもないふうに言って笑ってみせる藤村さんだが、トラブルと常に隣り合わせの環境下で働くのがどれだけ大変なのか、コンビニという二十四時間年中無休の仕事で責任者をしている立場だからこそ、その苦労は痛いほどわかる。

「大変な仕事だなぁ……」

感想として何気なく呟《つぶや》いた一言だったが、

「え？」

藤村さんは目を丸くし、驚きの感情を露《あら》わにしてみせた。

「ん？」

「あ、いえ、なんでもないです」

急《せ》かされたようにドリンクを口に運ぶ藤村さん。俺も乗じてジョッキを傾《かたむ》ける。

そうして仕切り直しを挟んでから、話は思いも寄らぬ方向へと転がっていった。

「そうだ！　興味あるなら、一度遊びに来てみませんか？」

「えぇ？　いやぁ……それはちょっと……抵抗あるというか……」

話を聞かせてもらっただけで俺の知的好奇心はお腹《なか》いっぱいだ。とても実地に赴《おもむ》く気にはなれない。

「え～、そんなこと言わずにぃ、きっと楽しいですからぁ」

営業トークなのか声に甘さを混じらせて、藤村さんは熱心に勧誘してくる。

「サービス業の経営者や責任者の人でリフレにハマる人、結構いるんですよ～？」

「そうなの？」

「はい。なんでも普段、バイトの女子高生と絡む機会があっても、手は出せないから悶々《もんもん》としちゃって、それを解消するためリフレに通ってるとか」

「………」

理屈としては――納得できる。

だが断じて共感はできない。なぜなら、

「別に俺、女子高生相手に欲情してないからな……」

可愛いと思うが、どうこうしたいとは思わない。俺にとって現役女子高生という生き物は、完全に子供として認識されているからだ。

「え～？　ほんとにぃ？　少しも？」

上目遣《うわめづか》いで試すような視線を向けてくる藤村さん。その挑発的な仕草に内心ドキリとしながらも、俺は頑として否定する。

「ほんとに。少しも」

「遅刻したバイトちゃんに事務所でオシオキだぜ～、みたいな妄想しないんですか？」

「す、するわけないだろ！」

企画物のAVかよ……。

だいたいああいうのはリアリティがないからダメなんだ。現実にミニスカートをはいた店員なんているわけ……げふんげふん。

「まぁまぁ。食わず嫌いかもしれませんし、新たな性癖《せいへき》に目覚めるかもですよ？」

そう言うと、藤村さんはスマホを手に取って、画面をこちらに見えるよう掲《かか》げてみせた。

「これ、仕事用で使ってるツイッターのアカウントなんですけど、出勤情報とか呟いてるんでよかったらフォローしてくださいい♪」

興味本位で画面を覗《のぞ》く。アイコンを飾っているのは、ハートマークのスタンプで口元を隠した、制服姿の藤村さんだ。

いかにも扇情的《せんじょうてき》な雰囲気を醸《かも》し出《だ》しているが……俺の視線はそこよりも、アカウント名の方に釘付《くぎづ》けになってしまう。

「……『あゆみ@サク女』……？」

「リフレ嬢としての源氏名《げんじな》ですよ～。後ろについてるのは店名ですね。まさか本名でやってるわけないじゃないですか！」

「……あぁ、それもそうか」


――なんでもない、ただのよくある名前だ。


そう自分に言い聞かせて、俺は胸につっかえた妙な感覚を、ビールで無理矢理腹に流し込んだ。

「一回、とりあえず一回だけ！　お試しで遊んでみましょうよ～」

「いや……俺にも立場上、体裁《ていさい》ってもんがあるし……」

「バレなきゃ大丈夫ですって――」

「おねがい。ね？」

テーブルに身を乗り出すと、距離を詰めた分だけ声を潜めて、藤村さんは言った。

「っ――」

心が揺れた、わけじゃない。

だが俺も、店を預かる責任者である以前に、一人の健康な男ではあるのだ。いくら営業トークだとわかっていても、こんなふうに猫撫《ねこな》で声《ごえ》で誘惑されてしまえば、自然な反応として頬くらいニヤけてしまう。

「いやいや……」

勝手に崩れそうになる表情を隠すべく、再びジョッキを傾けるが、結果的にこれが惨事《さんじ》を招くことになる。

「これもなにかの縁《えん》じゃないですかぁ――『お兄ちゃん』になってくださいよ～」

「ッッッ!!」

予想だにしなかった発言が、強烈なボディーブローとなって突き刺さる。おかげでビールを盛大に吹き出してしまった。

「うわ、大丈夫ですか？」

おしぼりを差し出してくる藤村さんを制して、俺は絞り出すように言う。

「っ……だ、だいじょ、ぶ……っ……てか……なに……おに……？」

言葉足らずの訴えは、しかしきちんと届いたようだ。

「あ、私、妹系で売ってるんで。お望みとあらばイメプレでもいけますよ？　実妹でも義妹でも従妹《いとこ》でも、どんな設定だってどんとこいです！」

「……いや……絶対いかねぇから……」

──とは、言いつつも。

蓋を開けてみれば結局、俺はＪＫリフレ店の門を叩き、週一で通い詰めるほどのヘビーユーザーとしてすっかり沼にハマってしまっていた。

情けないとは思う。後ろめたさもある。

それでも俺にとってＪＫリフレは──藤村明莉《あゆみ》と過ごす時間は、家と職場を行き来するだけだった単調な生活に刺激と潤いをもたらす一服の清涼剤として、今やなくてはならないものになってしまっていた。

二章 JKリフレ嬢・あゆみの日常

episode 02

お花畑みたいにカラフルなジョイントマット。

猫脚が可愛《かわい》いガーリーなローテーブル。

デザインも様々なパステルカラーのビーズクッション。

このオシャレで可愛いインテリア空間が、まさか風俗店の待機室だと知ったら、きっと驚く人も多いと思う。

『私立サクラダ女学園』――通称『サク女』。

女子高生のコスプレをした女の子が、リフレクソロジーという名目で諸々《もろもろ》のサービスを提供する、ＪＫリフレと呼ばれる風俗のお店。

正しくは、接待行為のあるガールズバーやメイド喫茶《きっさ》と同じ、亜風俗《あふうぞく》に分類されるお店なんだけど……このあたりの定義を話しだしたらキリがないので、やめ。

「――さっきの客マジ最悪～。めっちゃパンツのぞこうとしてくんの～」

「――それぐらいイイじゃん。うちなんて脱がされかけたことあるよ」

ゴールデンウィークが終わって間もない金曜の夜ということもあってか、待機室はキャストの女の子たちで賑《にぎ》わっている。

ある子はセーラー服で、またある子はブレザーで。既製品からアニメキャラの衣装っぽいものまで入り乱れて、まるで女子高生の見本市って感じだ。

ここでは誰《だれ》もが、制服とキャラクターをその身に纏《まと》っている。

もちろん私も。

どこにでもいる普通の十九歳・藤村明莉《ふじむらあかり》は、サク女の校門をくぐり、制服に身を包んだその瞬間、ＪＫリフレ嬢『あゆみ』へと変貌《へんぼう》をとげる。

そんな私の――『あゆみ』の日常を、ちょっとだけお見せしよう。

「あゆみ、ちょっといいか？」

ビーズクッションに身を預けてうとうとしていたら、不意に声をかけられた。

視線を向けた先にあるのは、まるで俳優さんみたいな苦み走った顔つき。

サク女のオーナーであり、店長も務める、この店の主――桜田誠《さくらだまこと》さんだ。キャストの女の子たちは親しみを込めて、マコっちゃんという愛称で呼んでいる。

「マコっちゃん。なに？」

「新規のお客さん入ったんだけど、六十回転の頭、お願いできるかな？」

六十回転。

六十分コースの中でキャストが交代して相手をするサービスの略称で、頭は最初の一人を指している。

新規相手のトップバッター……これは結構、重要な役目だったりする。

他の風俗業でもそうだけど、リフレ業界は特に、一部の好事家《こうずか》たちによって回っている狭い世界だ。

そのため、客の『返り』——リピーター率を上げることが、限りあるリソースの確保へと繋《つな》がっていく。

だからこそあえて、フリーで入った新規のお客さんに人気嬢をあてることも多い。

売り上げ・本指名率ともにトップランカーの、お店を代表する人気リフレ嬢『あゆみ』に、そのお鉢《はち》が回ってくるのは不思議じゃなかった。

「んっ……オッケーです」

これから一時間後には常連さんの予約が入っているけど、回転なら数十分で終わるので問題なし。

「リフレ初心者っぽいから、遊び方とかオプションのシステムとか、そのあたりの説明も頼むな」

「は〜い」

三番ルームでお願いね。マコっちゃんはそう言い残し、受付へと戻っていった。

私も後に続いて待機室を出る——その前に。部屋の隅に置かれた姿見で、身だしなみの最終確認。

首元を彩《いろど》る、スカイブルーの紐《ひも》リボン。気分によって変えることもあるけど、これが一番のお気に入り。

ネット通販で見繕った、無難《ぶなん》なデザインの濃紺《のうこん》ブレザー。あえてワンサイズ上をチョイスすることでダボ感を演出し、ボタンは留めずルーズに着こなすのが私流。

膝《ひざ》上二十センチに丈《たけ》を詰めた、チェック柄のプリーツスカート。当然タイツははかずに、生足で大胆に勝負していくスタイル。

……うん、今日もバッチリ女子高生だ。

来年にはもう成人を迎えてしまうけど、今のところはまだ、現役《げんえき》と名乗っても十分通用しそう。

全身抜かりないことを確かめてから、私は指定の三番ルームへと向かった。

「お待たせしました〜。あゆみです、よろしくね」

扉代わりのカーテンをくぐり、まずは挨拶《あいさつ》。表面上は友好的な態度を装《よそお》っているけど、瞳《ひとみ》の奥では冷静に相手を分析している。

「よ、よろしくおねがいします」

年齢は二十代後半あたりだろうか、リフレの客層としては若い部類だ。

緊張した面持《おもも》ちでマットレスの上で正座しているあたり、明らかに遊び慣れていないのがわかる。

「隣、失礼しま〜す」

こういう警戒心が強そうな相手には、いきなり積極的に絡《から》まず、まず距離を取ってから徐々《じょじょ》に詰めていく方がうまくいきやすい。

マットレスの端に腰を下ろしてから、私はテンプレな導入でトークの口火を切った。

「お名前はなんていうんですかぁ?」

「や、山田《やまだ》です」

山田、か。

風俗で遊び慣れている人間は、大抵偽名を使うものだ。よく使われるのが鈴木《すずき》、佐藤《さとう》、高橋《たかはし》などのありふれた名字で、山田も割と耳にする。

けどこの人の場合、そんな作法なんて知らなそうなので、きっと本名なんだろう。

「山田さん!　リフレは初めてですか?」

「はい……。というか、こういうお店自体初めてで……。部屋がすごく狭くてびっくりしてます……」

山田さんがそうこぼすのも無理はない。

間仕切りでパーティションされただけの通常ルームは二畳《にじょう》ほどの広さしかなく、人が二人寝転ぶのでやっとだ。

ただ、リフレで使われる個室はどこも似たり寄ったりなので、サク女がことさら狭いというわけでもなかった。

「ふふ、山田さん真面目《まじめ》そうですもんね」

「はは……ただ堅物なだけですよ」

「え～？　じゃあなんでこんなとこに遊びに来たんですか？」

「いやぁ……それは……なんていうか……」

言いよどむ山田さんだったけど、じぃ～っと視線を注《そそ》いでいるとやがて観念したか、重い口を開いてくれた。

「僕、異性と喋《しゃべ》るのが苦手で、いつもつっかえたり、見当《けんとう》外れなこと言って、相手を白けさせちゃうんですよね……」

「ふんふん」

見るからにオタク風な外見から察するに、コミュ障――というより、単に異性への免疫《めんえき》がないのかも？

「それで、荒療治《あらりょうじ》じゃないけど、こういうお店で女性と接すれば、少しは改善するかなぁ～と……そういうわけです」

「なるほど～」

相づちとして笑顔を浮かべるも、山田さんから返ってきたのは自嘲《じちょう》の言葉だった。

「情けないですよね……。お金を払わなきゃ、ろくに異性と会話もできないなんて……」

「そんなことないですよ！　本当に情けない人だったら、そもそもここまで来れてないですって！　お店入るのに、結構勇気がいったんじゃないですか？」

「それは……まぁ……」

「なら山田さんには、少なくともそれだけの度胸はあるってことですよ。自信持ってください！」

体の前で両の拳《こぶし》をぐっと握りしめ、私は力説してみせる。あからさまな媚《こ》びだけど、男を喜ばすには少しくらい芝居がかっているくらいがちょうど良い。

「あ、ありがとう……」

思惑《おもわく》通り緩《ゆる》む頬《ほお》に、私は摑《つか》みの成功を確信した。

さてさて、ここからが本番だ。

「よ〜し。時間もないし、パパッと遊び方の説明しちゃいますね」

言下、私は各部屋にひとつずつ用意してあるメニュー表を手に取った。

手作り感あふれる、ラミネート加工がなされたそのメニュー表には、各オプションと料金の案内、そしてキャストをモデルにした二頭身のちびキャラが描かれている。その中には私のキャラもいて、ビシッと指を立てながら「あんまりエッチなのはダメだよ！」と吹き出しの中で言っていた。

「この中から好きなオプションを選んでもらって、料金はその都度《つど》払ってもらうって感じです。簡単でしょ?」

「……膝枕《ひざまくら》十分二千円……ハグ一分千円……」

物珍しそうにメニュー表を眺《なが》めながら、山田さんが小声で内容を読み上げていく。

きっと心の中で「結構高いな……」なんて思っているんじゃないだろうか。

ＪＫリフレを風俗遊びの範疇《はんちゅう》で考えるなら、正直言って割には合わない。

サク女の場合だと、三十分コースで三千円、六十分コースで五千円、指名を入れれば+千円。ここに各種オプション料金が加算されると、一回の遊びで一万は楽に超えてくる。

社会の不景気やら男性の草食化やらで客離れが激しく、デフレの一途《いっと》を辿《たど》っている昨今の風俗業界。地域によって相場はまちまちだけど、このあたりならデリヘルで若くてそこそこ可愛い女子大生を指名しても、二万でお釣りがくるぐらいだと聞く。

ほぼデリヘル化している派遣型ならまだしも、度重《たびかさ》なる摘発と法令強化ですっかり健全化し、最大の売りだった現役女子高生も排除されてしまった現在の店舗型ＪＫリフレに、もはや集客を見込める強みはない。

けどそれは、あくまで風俗として考えるなら、という前提のもとでの話だ。

秋葉原《あきはばら》のメイドリフレを源流として生まれたＪＫリフレの本質は、エロではなく萌《も》えにある。

アニメやマンガに出てくるような、黒髪パッツン美少女との疑似《ぎじ》恋愛体験に、リフレユーザーは価値を見出《みいだ》し大枚をはたくのだ。

「どうしよう……なにかオススメとか、ありますか？」

「ん～……人気あるのはやっぱり、『ハグ』『添い寝』『逆リフレ』あたりかなぁ？」

「『逆リフレ』……？」

訝《いぶか》しそうに呟《つぶや》く山田さん。初心者にオプションとしての『リフレ』の意味が通じないのは、この業界じゃあるあるだ。

「『リフレ』は簡単なマッサージだと思ってもらっていいかな？　通常の『リフレ』だと女の子からお客さんに、『逆リフレ』だと言葉の通り、立場が逆になりますね」

「さ、触ってもいいんですか……？」

「もちろんっ」

笑顔と一緒に答えてみせると、山田さんの喉仏《のどぼとけ》がグッと下方に沈んだ。

「そ、それって、どこまで触っていいとか……」

異性と話すのが苦手と語っていた割にはグイグイくる山田さん。いいぞいいぞ、もっと食いついてこい。

「それは女の子次第《しだい》ですね。私の場合は……好きに触ってもらっていいですよ？」

「えっ――」

「嫌な場所は嫌って言うんで、山田さんのやりたいようにやっちゃってください♪」

あそこはダメここまでならいい、なんて線決めしてたら興が冷めてしまう。それにこうやって選択の自由を与えた方が、逆に過激なタッチをされづらかったりするから不思議だ。まぁ、いかにもスケベそうなおっさんだと本当に好き放題触ってくるから、そういうときはちゃんとＮＧゾーンを設定するようにしているけど。

「うぅん……どうしよう……」

なかなか踏ん切れない様子の山田さんに、私は助け船を出すことにした。

——底にヒビが入ったボロ舟だけど。

「なら、普通の『リフレ』とかどうです？　私これ、得意なんですよ」

キャストがお客さんにマッサージを施《ほどこ》す『リフレ』は、定番だけどあまり人気のないオプションだ。

お客さんからしたら肩《かた》もみ程度じゃ物足りないし、キャストにしても力仕事は疲れるので好まれない。

だけど私は、新規のお客さんには特に、この『リフレ』をオススメしていた。

その理由は、『あゆみ』というキャラクターを理解してもらうのに、これが最も適した手段だったからだ。

「あ、じゃあ、それで……」

素直に従う山田さんは、きっと『あゆみ』との相性《あいしょう》が良い。こういう受け身で流されやすい男性は、王道の清楚《せいそ》系よりも、私のようなギャル系寄りの嬢にハマりやすい傾向があると、個人的に思っている。

「ありがと～！　十分で二千円で～す」

山田さんから料金を受け取ると、私は一度個室を出て、受付へと向かった。オプション代はその都度、受付で待機しているマコっちゃんに渡すよう義務づけられていた。

「お待たせ～。それじゃ、始めましょっか」

「は、はい」

緊張して背筋を伸ばしている山田さんには、まずマットレスにうつ伏せで寝てもらう。

私は十分後にアラームが鳴るようタイマーをセットしてから、横たわった薄い背中にそっと手を添えた。

「もし痛かったら言ってくださいね？」

まずは肩、次に肩甲骨《けんこうこつ》付近、続けて腰と、上の方から順番にほぐしていく。

専門的な技術があるわけじゃないので、マッサージとしての効果は保証できないけど、そもそも売りはそこじゃない。

「どう？　気持ちいいですか？」

「き、気持ちいいです……」

「そっかぁ、気持ちいいんだぁ、ふふ」

頃合《ころあ》いを見計らって、ここまで隠していた本性を現していく。

「……じゃあ、これは？」

足の裏を狙《ねら》って、立てた指先をフェザータッチでツツーッと這《は》わせる。

「うひぃ⁉」

靴下越しでも効果抜群で、山田さんの口から珍妙《ちんみょう》な声が漏《も》れ出た。

「あははっ、変な声！　おもしろ〜い」

「ちょ、なに、——っ⁉　ま、ままま、まってへ⁉」

「足の裏、弱いね？　——こっちはどうかな？」

そう言って私は、レスリングの選手みたいな俊敏《しゅんびん》な動きで、無防備に晒《さら》された山田さんの背中に跨《また》がった。

さらに逃げられないようガッチリ太ももでホールドし、マウントポジションを確保。脇《わき》の間に両手を差し込み——

「うりうり〜♪」

「ひぃぃぃっ⁉」

もはやマッサージでもなんでもない、ただの悪戯《いたずら》行為に、一際《ひときわ》大きな声を出して悶《もだ》える山田さん。

私はいったん手を止めてから、体を折り重ねるようにして耳元へ口を寄せ、小悪魔っぽく呟く。

「大きい声出しちゃダメ。壁薄いから外まで聞こえちゃうよ？」

そんなことを言いながらも、再びこしょこしょ攻撃を開始する。

「～～っ⁉」

律儀に口を押さえる山田さんの必死な姿が、私の中に潜む嗜虐心《しぎゃくしん》をじわじわ刺激する。

隠れドSの小悪魔妹系JK――それが『あゆみ』というリフレ嬢の売りであり、キャラクターだ。

ビジネスとして作っている部分はあるけど、Sっ気に関しては素なので、結構楽しんでやれてたりする。

どんなキャラづけ・属性づけであれ、素人感《しろうと》が一番の魅力として作用するこの業界で、素を持ち込めるのはこの上ない強みだ。

私のこういう部分、身も蓋《ふた》もない言い方をするなら、痴女《ちじょ》っぽさに惹《ひ》かれてファンになってくれるお客さんは多い。

されるがままに身悶えている山田さんを見るに、これは脈ありだ。

しめしめ、今回の新規客ガチャは当たりっぽいぞ。

「――はい、終了～」

「はぁ……はぁ……」

すっかり息も絶え絶《た** だ》えといった様子の山田さんを尻目《しりめ》に、私は悪びれることなく、愛嬌《あいきょう》たっぷりに別れを告げる。

「イジめすぎちゃったかな？　ごめんね♪　でも楽しかったでしょ？　よかったら今度、指名してくださいね！」

「あ……は、はい……」

弱々しく返事をする山田さんの瞳はとろんとしていて、どこか名残惜《なごりお》しそうだ。

これで沼に落ちたかどうかは定かじゃないけど、船底に穴ぐらいは空《あ》いたはずだと、私は確かな手応えを感じつつ個室を後にした。


いつだったかマコっちゃんに教えてもらった蘊蓄《うんちく》話によると、ＪＫリフレは元々、秋葉原のメイドカフェ文化を土壌にして生まれたものらしい。

二〇〇〇年代前半にメイドカフェブームが起こり、「萌え」が流行語大賞にノミネートされるぐらいオタク産業が盛り上がりを見せる中で、メイド文化はより多様な形へ進化していったとか。

メイドさんが秋葉原の街中を案内してくれる『メイド観光案内』。

名前そのままの『メイド耳かき』。

そして、リフレクソロジーという名目での身体接触を売りにした『メイドリフレ』。このメイドリフレが提供していたサービスのひとつに『お着替え』というオプションがあって、メイドに限らず様々なコスプレを楽しむことができたらしいけど、中でも制服——JKコスは、主役のメイドを食うほどの人気ぶりだったという。

そこに目をつけた一部の経営者が、「最初からJKで売り出した方がいいのでは?」と考えて、「それならいっそ現役高校生を使ってみよう」と、こうしてJKリフレ——JKビジネスは産声《うぶごえ》を上げたのだ。

オタク向けコンテンツとして誕生したJKリフレは、黎明期《れいめいき》こそ、売買春とは縁《えん》もゆかりもない平和なオタクたちをターゲットにした健全経営が当たり前だった。

けれど、スカウトたちが持て余していた性風俗で働けない未成年の女の子や、援助交際目的の少女たちなど、別業界からの人材流入によって次第にサービスが過激化していき、やがて客層の方も、「未成年を買える店がある」と聞きつけた買春客たちへと移り変わっていってしまう。

正規のメニューには存在しない、過激極《きわ》まる性的なサービスは、やがて裏のオプション——『裏オプ』という隠語《いんご》で語られるようになり、JKビジネス界に蔓延《まんえん》していった。

白に近いグレーから、極めて黒に近いグレーに。

ここまで来るともう、警察だって黙っちゃいない。やがて大規模な一斉摘発が行われて、違法なＪＫリフレ店は街から一掃《いっそう》。その他の業態にも次々捜査の手が入り、こうしてＪＫビジネスは浄化、そのブームは終焉《しゅうえん》を迎えたのだ。

ただ、ブームが終わっても、そこで働いていた人間が消えるわけでもない。

一部の経営者は地下に潜り違法な営業を今も続けているし、裏オプで稼ぎたい十八歳以上《オーバー》のリフレ嬢は、デリヘル同然の派遣型に新たな居場所を獲得している。

時代は変わっても、人は変わらない。だから歴史は繰り返すもの、なんて言われるのかも。

未成年《アンダー》の頃から働き始めて、今年でもう十九歳。成人ではないけど児童でもない、狭間《はざま》の生き物として今を生きている私もまた、そんな時代の当事者の一人として、いまだにＪＫビジネスの世界から抜け出せずにいた。

「——くっ……」

隣り合って座るベッド上から、苦悶《くもん》の吐息が聞こえてくる。

大の大人が苦しむ様子は、私にとって「かわいい」の範疇だ。ついつい口も滑らかになってしまう。

「ふふ……皮、むけちゃったね？」

意味深に呟くも、どうやら相手の方にはそれに付き合ってくれる余裕はないらしい。

「……やるならひと思いにやってくれ」

「ふふ、それじゃ……抜くよ？　抜いちゃうよ～？　……はいドーン！」

「でっていうー！」

容赦なく放たれた三連赤甲羅《こうら》に、ブロックとしてぶら下げていたバナナの皮ごと吹き飛ばされる緑色の恐竜。

上下分割された画面の中、もんどりうつように転がるそいつを、私の操作するお姫様のキャラが悠々《ゆうゆう》と追い抜き、見事一位でフィニッシュを決めた。

「いぇーい！」

「くっそ！　あとちょっとだったのにな……」

真横で浮かぶ、悔しさと楽しさを混ぜ合わせた微苦笑。落ち着きを獲得しつつも、いまだ若さを損なっていない二十九歳男子の顔つきは、なかなかに精悍《せいかん》だ。

常連客の堂本広巳《どうもとひろみ》さんは、ハンドル型のコントローラーを憎々《にくにく》しげにぺちぺちしながら、これまで何度も繰り返してきた負け惜しみをお決まりのように呟いてみせた。

「過去作だったら勝てるんだよ……」

私たちが遊んでいるのは、十年ほど前に発売されたとあるレースゲームだった。このⅥ

Pルーム『俺《おれ》の部屋』を作るときに、ハードの世代交代によって押し入れに眠らせていたのを、マコっちゃんが自宅から持ち込んだものらしい。

「だから過去作のリメイクコースでやってあげてるんでしょ？　言い訳するなんて男らしくなーい」

「いや、操作感もシステムも全然違うんだって」

「知らな～い。ていうか、そんなに言うんだったら、その過去作？　持ってきたらいいじゃないですか」

私の雑な提案に、広巳さんは「その手があったか！」と表情を輝かせてみせる。

「どこにしまったけな……捨ててはいないはずだけど……あぁ、それだったら他のソフトもやりたいとこだなぁ……やべ、思い出が蘇《よみがえ》る……！」

日本で初めて流行《はや》ったFPSがあってだな——なんて感じに、一人で勝手に盛り上がっている広巳さんだけど、およそ一回りも上の世代が感じるノスタルジーに共感なんかできっこない。

なんとなく手持《ても》ち無沙汰《ぶさた》になった私は、ローテーブルに並べられた差し入れのお菓子類に手をつけることにした。

適当に選んだソフトキャンディを口に放り込み、奥歯で嚙《か》みしめると、瑞々《みずみず》しいグレープの甘さが口中いっぱいに広がる。

常連のお客さんで差し入れを持ってくる人は割といて、広巳さんもその口だ。

今日のチョイスはソフトキャンディとグミ、それにペットボトルのミネラルウォーターと、実に「わかっている」ラインナップで、花丸をつけてあげてもいいぐらい。

有名洋菓子店のスイーツとか、トッピングもりもりのフラペチーノとか、そういうゴツめな差し入れを持ってくる人は多いけど、ぶっちゃけリフレ嬢にとってはありがた迷惑だったりする。

体型維持も仕事のひとつなので、そうそう甘い物ばかり食べていられないし――ていうか、どれだけ甘い物が好きでも、おっさんと二人きりという状況じゃ食欲なんて湧くはずもない。

スイーツはシチュエーションも含めてスイーツなんだということを、差し入れ勢の人たちにはぜひ学んでほしいものだ。

「――マップ構造把握してリスキルばっかかしてたら、友達がブチギレてリアルファイトに発展してさ。いや、やっぱりリスキルはよくないな」

リスキル、とか言われましても。

「わかんないってば……」

ほんとに、わからない。ゲームのことも、この人のことも。

友達の紹介で知り合ってから三ヶ月。初対面のときはあれほど渋っていたのに、今じゃ週一で通うぐらいすっかり常連と化した広巳さん。

だけど、その心情というか、リフレに通う動機みたいなものが、どうにもあやふやで腑《ふ》に落ちない。

広巳さんは、来店するたび『あゆみ』を指名してくれる。むしろ『あゆみ』の指名を予約できたときだけ来店するぐらい、『あゆみ』に――私にご執心《しゅうしん》らしい。

他のキャストに浮気《うわき》しないところを見るに、JKリフレという遊びそのものではなく、『あゆみ』単体にハマっているんだろう。

それ自体は別に珍しいことじゃない。むしろ、店ではなく女の子に客がつく傾向にあるこの業界では、いたって普通のこと。

私としても、毎回指名を入れてくれる太客《ふときゃく》の存在は大歓迎だ。

けど、だからこそ解《げ》せない。

いくら癒《い》やしを売りにした健全経営の店舗型リフレでも、そこにはエロが多少なり絡んでくるもの。一線を越える気はなくても下心はある――そういう動機でリフレに通う男性は多い。

まさか……『ガチ恋』なんだろうか？　リフレ嬢に本気で恋した客が、遊びじゃないことを証明するために、あえてエロが絡むオプションを頼まない、なんてパターンも稀《まれ》にある。

だけど、それも考えにくい。これまで広巳さんから好意を伝えられたこと、交際を迫られたことは一度もないし、なによりこっちが仕事としてやっているだけの振る舞いを勘違いしてしまうような、そんな面倒くさい人とも思えない。

コンビニ店長というだけあってコミュ力は人並み以上に持っているようだし、見た目だってそこそこ良い方だ。

全体的に濃いめだけど、彫りはそこまで深くない、いわゆる縄文系のソース顔。ちょっとだけ若い頃の山田孝之《たかゆき》に似てるかも。

これなら普通に恋愛できそう。というかモテるぐらいじゃないだろうか？　実際に友人の舞香《まいか》が以前、夢中になって何度もアタックしていたことを、相談を受ける立場にあった私は知っていた。

モテなくてコジらせて――そうじゃないのなら、どうして広巳さんは、決して安くないお金を払ってまでサク女に通っているんだろう。

どんな価値を私に――『あゆみ』に見出しているんだろう。

「さて、リベンジといくか」

こっちの戸惑《とまど》いなんて知りもせず、広巳さんは意気揚々とゲームを続けようとする。

なんとなく不満を感じた私は、コントローラーをほっぽり出して拒絶の意を露《あら》わにした。

「え～、もう飽きたっ」

「そうか？　じゃあ別なのやるか。スポーツのやつあったよな、あれにしよう」

俺あれの卓球マジつえーから！　なんて、息巻く広巳さんは既にやる気満々だけど、私はもうゲームを楽しめる気分じゃない。

「いっつもゲームばっかじゃないですか。せっかくオプション付け放題頼んでるんだから、もっと他のこともしましょーよ」

「……いや、他のことつってもなぁ……」

煮え切らない態度にモヤモヤが募《つの》る。

自発的に通っているんだから、どんな形だろうと私に好意を抱いてくれているのは間違いないはず。仮に奥手だったとしても、こうまで頑《かたく》なに接触を拒む理由になるだろうか？

ビジネスとして割り切れば、お金さえ落としていってもらえればそれでいいのかもしれない。

遊び方だって人それぞれだ。

でも、私にもこの世界で生き抜いてきたプライドというものがある。頑なにエロの領域に踏み込んでこない広巳さんの遊び方は、ラーメンを頼んでおきながらスープだけすすってごちそうさまと箸《はし》を置いているようなもので、こちらとしてはどうしても侮辱《ぶじょく》された気がしてならない。

「…………」

小さな敗北感たちが、積もり積もって幼稚《ようち》な復讐《ふくしゅう》心へと形を変える。

今日こそは麺《めん》まで食わせてやるぞと、私はリフレ嬢として、ひいては女としての矜持《きょうじ》を胸に、挑発を仕掛けることにした。

「広巳さんって結構ガタイ良いですよね。なにかスポーツやってました？」

「スポーツ？　いや、特になにも。ずっと帰宅部だった」

「えー、意外。こんな胸板《むないた》厚いのに」

そっちからこないのなら、こっちから攻めるまでだ。

会話からの自然な流れを意識して、私は広巳さんの大胸筋《だいきょうきん》に手を添える。

「なんだよ……」

困ってはいても、嫌がっている様子じゃない。

余裕のある反応が癪《しゃく》に障る。どこまで保つか、試してやろうじゃありませんか。

「たくまし～♪」

オイルでも塗るように手の平を擦《こす》りつけながら、甘やかな声で語りかける。

「私、思うんですけど。女の貧乳《ひんにゅう》より、男の貧乳の方がみっともなくないですか？」

「知らねえよ……やめろって」

「やめなーい♪」

抵抗しないのなら、もっとやりたい放題やってやる。

隙《すき》だらけの広巳さんに、私はタックルするみたいに抱きつく。ていうか、タックルしてベッドに押し倒す。そのまま胸板に顔を埋めると、シャツ越しに石けんの匂《にお》いが微《かす》かに香った。

「おいっ――」

「あれ？　広巳さん、もしかしてシャワー浴びてきてる？　イイ匂いするもん。……ふふ、このまま『添い寝』しちゃおっか？」

腕の付け根あたりを枕《まくら》代わりにして、横合いから腕を回してギュッと抱きつく。そこからさらに足を絡ませて、肉付きの良い自慢のマシュマロ太ももをアピールするのが、私流の『添い寝』だ。

定番オプションである『添い寝』には、リフレ嬢の実力が如実《にょじつ》に表れると通は語る。やる気のない子だと、字義の通り横に寝そべるだけで、やっても腕枕程度のサービス止まり。逆にサービス精神豊富な子だと、お腹《なか》をくっつけたり、首に手を回したり、私がやっているように足を絡ませたりと、アレンジは様々だ。

「ね、ギュッってしてみて？　私、結構着痩《きや》せするタイプなんだ。ぷにぷにしてて、きっと病《や》みつきになっちゃうよ♪」

ＡＳＭＲ動画みたいな台詞《せりふ》には我ながら小っ恥ずかしさがあるけど、女に過大な理想を抱くのが、男という生き物のどうしようもない習性だ。

ましてやここは萌えを売りのひとつにするリフレ店なんだから、アピールは少しくらい大げさな方がちょうど良い。

結局、客の男たちが求める素人感なんてのは、「こうであってほしい」という願望を元に作り出した偶像に過ぎない。

ＡＶ女優の過剰な演技、アイドルのファンサ、バカみたいに惚《ほ》れっぽい二次元のヒロイン、そういうコンテンツとして消費されるために味付けされた女の性をオカズに育ってきた連中にとって、現実感すら妄想の範疇なのだ。

求められるのは、性別としてではなく、キャラクターとしての『女』。身分ではなく、記号としての『女子高生』。

ＪＫリフレにはそれがある。少なくとも私は、わきまえた上で働いている。

プロ意識なんて大それたものじゃないけど、それでも『あゆみ』は私が手がけた作品であり、大切な商品なのだ。対価を支払って購入した広巳さんには、是が非でも遊び尽くしてもらう必要がある。

いや、義務があると言ってもいい。

そうでなきゃ、『あゆみ』の商品価値が否定されてしまうじゃないか――

「明莉」

だしぬけに発せられた本名での呼びかけが、ゆだり気味だった私の思考に冷や水を浴びせた。

「ごめん。こういうのは、大丈夫だから」

どこか申し訳なさそうに言いながら、広巳さんは腹筋を使って身を起こす。そして、

「あー……、ほら俺、ゲーマーだからさ。ゲームしてんのが一番楽しいんだわ」

明らかに嘘《うそ》だとわかる言い訳を口にしながら、ゲーム機のディスクを交換する動きに乗じて、私が絡ませていた足からするりと逃げていった。

「卓球やろうぜ、卓球。必殺の王子サーブをお見舞いしてやるよ」

コントローラーをラケットに見立てて、フォアハンドで勢い良く一振り。それはサーブじゃなくてドライブじゃ？　なんて突っ込みを入れる気も起きない。

『あゆみ』の価値が、否定されてしまったのだから。平気でいられるはずがない。

「……やんないし。そんなにゲームが好きだったら一人でやってればいいじゃないですか」

不機嫌《ふきげん》丸出しでノーを突きつけ、そのままプイッと横を向く。接客業にあるまじき不貞寝《ふてね》ムーブに、しかしクレームは入らなかった。

しばらくすると、緩くかけられている店内ＢＧＭの中に、コンッ、カンッ、という小気味良い音が混じり出す。

首をひねって見ると、広巳さんは本当に一人でゲームをやり始めていた。

ベッド側面に背中を預け、床に片膝立てた姿勢で、手首のスナップを使って器用に白球を打ち返している。

覗《のぞ》かせていた自信は本物だったようで、速い球も遅い球も曲がる球も、広巳さんから得点を奪えていない。

鉄壁だ。ムカツクぐらいに。

どうしてリフレに通っているの？　どうして私ばかり指名するの？　どうして触ってこないの？

「………」

たくさんの『どうして』が頭の中で入り乱れる。こういう状態を混乱と呼ぶんだろうか。

そうだ、私は混乱している。なのに、この妙な居心地《いごこち》の良さはなんなのだろう。

時間の流れが〇・八倍速ぐらいに落とされた感覚がある。誰かと連れ立って歩いているときのような、緩やかだけど、確かに進んでいる。そんな速度。

目蓋《まぶた》を閉じて、耳を澄ませる。店内ＢＧＭとして流れているのは、一昔前に流行った深夜アニメの主題歌だ。控えめな音量は、「都合《つごう》の悪い雑音」を消す必要のない健全店の証《あか》し。

目蓋を開いて、横顔を見つめる。――まつげ、結構長いな。――あ、白髪《しらが》みっけ――むむ？　喉仏のあたり、少し赤くなってるけど、剃刀《かみそり》負け？　シャワーだけじゃなくヒゲも剃《そ》ってきてるのかな。

万全じゃんか。そう思うとなんだか可笑《おか》しくて、たまらずクスッと笑ってしまった。

対戦相手のＮＰＣもやたら粘り強くて、ちっともラリーが終わらない。コンッ、カンッ、コンッ、カンッ――いつまで続くんだろう。いい加減、眠くなってきた。

もう一度、目蓋を閉じる。午睡《ごすい》のような心地《ここち》良さに、身を委《ゆだ》ねる。

仕事中だぞ！　と『あゆみ』が戒《いまし》めるけど、ちょっとぐらいイイじゃん、と私はあっけらかんと考えた。

寝顔もオプションになるのかな。


「あゆみ～、あゆみさ～ん」

呼びかけと一緒に肩を揺さぶられて、微睡《まどろ》みの中にあった意識が徐々に覚醒《かくせい》していく。

うるさいなぁ、と思えるぐらいに目を覚ました私は、すぐに自分が置かれている状況を思い出し、弾《はじ》かれたように身を起こした。

「うおっ、びっくりした」

声のした方向に目を向けると、寝起きでぼやけた視界の中、マコっちゃんの驚いた表情が見つけられた。

「おはよう。よく眠れたか？」

「っ……ひ、広巳さんは？」

「もうとっくに帰ったよ」

「うそ⁉」

や、やってしまった……。

リフレ嬢が『添い寝』中にガチ寝をかます失敗談はたまに聞くけれど、まさか自分がしでかしてしまうなんて……。

「起こしてくれればよかったのに～……もぉ～！」

「ふふ、あゆみにしては珍しくやらかしたな。──そうそう、これ」

言いながら、マコっちゃんがなにかを差し出してきた。

「起きたら渡しておいてくれってさ」

受け取ってみると、それは一枚の写真だった。名刺大のサイズから察するに、おそらく『チェキ』のオプション用に使っているインスタントカメラで撮られたものだろう。

「──……な」

被写体は、私だった。

口の端からヨダレを垂らして幸せそうに眠りこける瞬間を捉《とら》えたこの一枚に、題名をつけるとしたら『滑稽《こっけい》』が一番だろうか──

「なにこれー！　うわー！　最悪なんだけどー！」

普段はイジる側に属している分だけ、私のイジられ耐性は低い。首元から生まれた羞恥《しゅうち》の熱はあっという間に頬までせり上がり、いわゆるひとつの顔真っ赤《まっか》が完成する。

「うぅ～……マジで最悪……」

「今も相当おもしろい顔してるぞ? もう一枚撮ってやろうか?」

「うっさい!」

感情任せに写真を投げつけてやるも、マコっちゃんはどこ吹く風。意地悪な笑《え》みを浮かべたまま、「粗末《そまつ》にするなよ」と写真を突き返してくる。

「……?」

再び写真を受け取ろうとした私は、そこでやっと気が付いた。

さっきまで自分の指で隠れていた空白部分に、なにか書き込まれている。

黒の油性マジックを使ってしたためられたと思われるメッセージには、今日の日付と一緒に、こんなことが書かれていた。

『おつかれさま』

たった一言、それだけ。

なんてことはない、ありふれた、挨拶として使われるねぎらいの言葉だ。

「……なんだよそれ」

『ありがとう』ならわかる。『楽しかったよ』もよく言われる。

けど『おつかれ』なんて、お客からキャストに向けて送るような言葉じゃないだろう。

おつかれさま

思えば、広巳さんは初対面からそうだった。「大変な仕事だなぁ」と、ＪＫリフレ嬢を一人の労働者として扱ってくれていた。

素直に嬉《うれ》しい。けど、素直には喜べない。

いくら裏オプのない店舗型の健全店でも、端から見たらいかがわしい店であることに変わりはない。昼の世界の一般的な価値観にとって、店舗型だとか派遣型だとか、そんな区別は些末《さまつ》なことで、マジョリティーがあてがう『良識』という名の大量生産された物差しの前では、どれも十把一絡《じっぱひとから》げに扱われてしまう現実がある。

偏見だ、なんて叫ぶつもりはない。どんな形であれ、性を記号化して売ることに後ろめたさは持っているから。

それでも——実状を知りもせず、イメージだけで批判してくる世間の風潮に、不満はどうしたって拭《ぬぐ》えない。

アイドルの握手券商法とリフレ嬢のオプションになんの差があるんだろう？

未成年の地下アイドルが行っているハグ会を取り締まらないのはどうして？

ＪＫビジネスは売春の温床《おんしょう》。そんな大義名分のもと、従事していた少女たちは街から一掃された。

正しい判断だと思う。

けどその一方で、際《きわ》どい水着を着た未成年のアイドルやモデルたちが、当たり前のように青年誌の表紙を華やかに飾っている。

『現役女子高生　魅惑《みわく》のボディ！』

そんないかがわしい惹句《じゃっく》と一緒に。

繰り返す。偏見だ、なんて叫ぶつもりはない。

偏見なんて社会のあちこちにあるものだから、いまさら盾突《たてつ》く気なんてさらさらない。

ただ、同じ地平上にも日の当たる場所と当たらない場所があって、私はその後者――日陰《ひかげ》で生きている、それだけの話だ。

それなのにどうしてと、私はまた『どうして』を繰り返す。

夜職と呼ぶには生温《なまぬる》く、昼職と呼べるほど真っ当でもない、ＪＫリフレというグレーゾーンで生きる半端《はんぱ》物の私を、広巳さんはどうして対等に扱ってくれるんだろう。

本当は下心があるんだろうか？　聞こえの良い言葉で女の承認欲求を満たして、股を開かせようとするゲスな男なんて、この世には掃《は》いて捨てるほどいる。広巳さんもそんな男の一人なんだろうか？

そうだとは思えない。けど、そうじゃないとも言い切れない。

結局、私が導き出せる答えといえば、「わからない」という答えですらない答えだけだ。

考えるだけ無駄《むだ》。そんなことはわかってる。解けない問題は空欄《くうらん》のまま提出すればいい。あるいはあてずっぽうで書き込んでしまえば。あーでもないこーでもないと、書いては消してを繰り返したところで、芯《しん》がすり減って消すカスが溜《た》まるだけ——心がすり減ってストレスが溜まるだけなんだから。

諦《あきら》めてしまえばいい、間違えてしまえばいい、楽な道は拓《ひら》かれている。

それなのに立ち尽くす私は、いったいどこを目指しているんだろう。

どんな答えを、欲しているんだろう。

「あゆみ？　どうかしたか？」

「……別に」

私は首を振って、表面上だけの冷静を取り繕った。

「なんでもない」

隠れ蓑《みの》としての言葉はいつだって滑らかに紡《つむ》ぎ出せる。

他人に嘘をつくぐらい簡単に、自分にも嘘をつけたらいいのに。

三章 お茶で病むとはよく言われる

episode 03

起床アラームの不躾《ぶしつけ》な電子音が、二日酔いでズキズキと痛む頭を無理矢理に覚醒《かくせい》させていく。

「……はぁ～……」

気分も体調も最悪だったが、それでもベッドから這《は》い出《で》るのが一流の社畜というもの。

がなり立てるスマホを黙らし、なけなしの気合いを振り絞って立ち上がると、軽く立ちくらみを覚えてたたらを踏んだ。

「っかぁ～……飲み過ぎた……」

どうやら昨夜の宅飲みは失敗したようだ。

ようだ、と推定でしか語れないほど記憶があやふやになっているあたり、これは相当深酒してしまったのだろう。

なにを、どれくらい飲んだっけ——思い出そうとしても、いまだ混濁《こんだく》した意識ではそれも叶《かな》わない。

まぁいいやと諦《あきら》めて、とりあえず水を一杯飲もうと、部屋を出てキッチンへ足を向ける。

「おはよ～」

「あ～…………あ？」

一人暮らしの家では聞こえてくるわけのない、朝の挨拶《あいさつ》。

あまりにも自然に発せられたその声に、俺《おれ》は驚くことすらできず、ただ呆然《ぼうぜん》と声の主を見つめることしかできない。

マグカップ片手に行儀悪くキッチンシンクに腰かける、ここ三ヶ月ですっかり見慣れた顔の、見慣れない姿。

ロゴTシャツにショートパンツというラフな出《い》で立ちだが、深めの襟《えり》ぐりから覗《のぞ》く鎖骨《さこつ》のラインと、シンクの上でつぶれて肉感を主張している白い太ももが、俺の視線を捉《とら》えて放さない。

——なぜ。どうして。お前が。ここにいる。

日常のど真ん中に突如《とつじょ》現れた、非日常の象徴とも呼ぶべき存在に、俺はただただ混乱をきたすばかりで、満足にリアクションひとつ取れやしない。

「コーヒー飲みます？」

「……あ……」

返答ともつかない胡乱《うろん》な呟《つぶや》きは、しかし「イエス」と解釈されてしまったようだ。

「はい、ど～ぞ」

「………」

差し出されたマグカップを思わず受け取る。受け取ったからには、まぁ、飲むのが筋だろう。もくもくと湯気を立ち上らせる黒い液体をズズッとすすると、口中に広がる熱さと苦みが確かな効《き》き目を発揮《はっき》して、いくばくかの落ち着きを与えてくれた。


――そうだ。そうだった。こいつが。ここにいるのは。

おぼろげだった昨夜の記憶が、徐々《じょじょ》に呼び戻されていく――


「いらっ――」

しゃいませー、と続くはずだった言葉を、中途半端《ちゅうとはんぱ》なところで飲み込んだ。

「杉浦《すぎうら》さんか」

コンビニ店員あるある、「いらっしゃいませを言おうとしたら従業員だったので引っ込める」である。

「早いね、おはよ」

「おはようございます。店長、今日シフトだったんですね」

「いや、篠田《しのだ》のやつが熱出して休んでさ。その代打」

「そうでしたか。大変でしたね」

急な欠勤によるシフトの穴埋めも責任者の仕事のひとつ。特に苛立《いらだ》つこともないが、シフトを休むときは極力自分で代わりを探すのがうちのルールでもあるので、なあなあにしないためにも表向きは厳しさを表明しておこう。

「篠田の野郎、調子こいて彼氏とオールでカラオケなんかしてっから体調崩すんだ」

一時は秘密のバイトの件で険悪になっていた仲も、今はすっかり元通り、ラブラブな毎日を送っているらしい。

「罰《ばつ》として今月の給料、塩と梅干しにしてやるってメールしといた」

「現物支給⁉」

普段クールな杉浦さんにしては大きいリアクション。だが意外というほどでもない。

裏では鬼軍曹なんて呼ばれているくらい従業員の間で恐れられている彼女だけど、サシで話してみると案外ノリの良い子だったりする。その証拠に、

「せめて砂糖くらいはつけてあげましょう?」

なんて具合に、俺のくだらない冗談にも付き合ってくれるぐらいだ。

うん。確かに、塩と梅干しだけじゃしょっぱすぎたな。

「——ん? まだゆっくりしてていいよ」

深夜のシフト開始までまだ時間はあったものの、制服に着替えた杉浦さんが一足早く事務所から出てきた。

いつも早めに売り場に出ている彼女だけど、今日はそれよりもさらに早い。俺に気を遣ってくれているのだろうか。

「いえ、大丈夫です。レジ代わります」

「いいのに。真面目《まじめ》だなぁ」

結局お互いが譲らず、二人がかりでレジ業務をこなす形に落ち着く。俺がスキャナーで商品のバーコードを通す係、杉浦さんが袋詰めしていく係だ。

「なんだか新人時代に戻った気分」

微笑《ほほえ》み混じりに杉浦さんが呟く。俺も同意としての笑みを浮かべた。

「杉浦さんは飲み込みが早いから教えるの楽だったな」

「いえ、いえ。そんな。言われたとおりにやってただけです」

バリアを張るみたいに、顔の前で両手をふりふり、謙遜《けんそん》するばかりの杉浦さん。こういう部分をもっと俺以外の従業員にも見せていけたら、鬼軍曹という汚名も返上できそうなものだが。

「それがすごいんだよ。十教えたら十こなせるやつなんて、ほんと一握りだから」

「そ、そうなんですか」

「そうそう。大抵は十教えて四か五か、そのぐらいよ」

お追従《ついしょう》で言っているわけじゃない。教えた仕事を教えた通りにこなしてくれる人材は、案外貴重なものだ。

「杉浦さんがいない時代は、よく夜勤の人間から電話がかかってきて、些細《ささい》なことでも呼び出されてたもんよ。最近はそんなこと滅多《めった》になくて、ほんと杉浦さん様々だな」

「そ、そですか。それは、よかたです」

褒められ慣れていないのか、杉浦さんの口調が異国の人みたいにぎこちなくなる。ズレてもいない眼鏡《めがね》の位置をしきりに気にする姿は明らかに動揺していて、普段のカッチリした雰囲気とのギャップが微笑ましい。

「ま、なんやかんやでシフト入れるやつが一番なんだけどね」

「週二の秀才より週五の凡人が欲しいって、よく言ってますもんね」

「ほんとそれ。結局シフト入れなきゃ意味ないんだよ。だから欠勤かました篠田の給料は塩と梅干しで決定」

「砂糖は？」

「コーヒー用のスティックシュガーで十分だろ」

綺麗《きれい》にオチがついたところで時間もやってきた。杉浦さんにレジを任せて仕事を上がる。

「……さて」

いつもならこのまま直帰しているところだけど、今日ばかりはそうもいかない。すっかり背もたれがバカになったビジネスチェアに自然と猫背になりながら、スマホを操作し、勤務中からずっと気になっていたＳＮＳのページを呼び出す。

ＪＫリフレ嬢『あゆみ』のツイッターアカウント。投稿されたツイート欄をさかのぼってみると、ふと気になる呟きが残されていた。

九時からの予約、キャンセルされちゃった(泣)
今日、フリーのお客さんも少ないし……
誰《だれ》か～～、遊びにき～～て～～

一抹《いちまつ》の罪悪感が胸に芽生える。予約をキャンセルしたのは他でもない、この俺だったからだ。

原因は篠田の当日欠勤にあるとはいえ、明莉《あかり》のやつには悪いことをしてしまった。

「今からじゃ間に合わないしな……」

サク女の営業時間は二十三時まで。残り一時間ばかしじゃ移動だけで終わってしまう。心残りだが、今週は大人しく見送ろう。

すまん明莉、また来週。そう心中で謝罪し、俺はスマホの画面を暗転させた。

「……帰るか」

着替えを済ませて、事務所を後にする。ここからはいつも通りの流れだ。

コスト削減のため廃棄間近の弁当をあえて選び、他のツマミは適当に。ビールはロング缶で三本が、我が晩酌《ばんしゃく》のスタンダードだ。

「レシートいりましたか？」

「いや、大丈夫。ありがと。それじゃ、あと頼むね」

杉浦さんにバトンタッチし、俺は店を出て帰路についた。

帰路といっても、片道三十秒程度では道のりとも呼べないか。店舗の真横に建つ三階建てRC造のマンション、ここに俺が暮らしている部屋がある。

築十年そこそこの2LDK。店のオープンに合わせて引っ越してきたのだが、選んだ理由はもちろん、仕事場に近かったから。じゃなかったら男の一人暮らしでこんなファミリー向けの物件に住まう理由がない。

いつもの流れでビールを一本だけ冷凍庫に入れて、残りは冷蔵庫へ。風呂《ふろ》はシャワーだけで簡単に済まし、部屋着のトレーナーに着替えたら、さぁお楽しみの晩酌タイムだ。

家にいる間ほぼ入り浸《びた》っている洋間にビールと食料を持ち込み、さっそく一口。毎度毎度、勤労の後のビールはどうしてこうも美味《うま》いのだろうか。不思議でならない。

店のオンボロとは比べ物にならないくらい座り心地《ここち》の良いゲーミングチェアに深く腰かけ、PCを起動。SSDのおかげでOSの立ち上げが早いのなんの、良い時代になったものだ。

ブラウザを開いて、ブックマークしてあるお気に入りのゲーム実況者のチャンネルに飛ぶと、新規でアップロードされている動画を見つけてそのままクリック。うぅむ、我ながら脳が死んでいる。

昔は晩酌のお供といえばもっぱらテレビだったけど、最近では動画がその役目を奪っていた。

ゲーム実況、音楽、バラエティ、スポーツ、動物と、好きなジャンルを好きなタイミングで視聴することのできる動画サービスは、片手間で見る分にはこの上なく便利で、リビングに置いてある大型テレビがすっかり無用の長物と化してしまっていた。

『ぎゃあああッ！』

「うおっ……」

卓上スピーカーから実況者の絶叫がほとばしる。どうやら今回の動画はホラーゲームの実況らしい。

物心つく頃にはゲームをやり始め、ゲーマーを自認する俺ではあるが、ホラーゲームはどうも苦手な部類だ。こうやって人がプレイするのを眺《なが》めている分には楽しめるが、自分からコントローラーを握る気にはどうしてもなれない。

最後に遊んだホラーゲームというと、かれこれ二十年ほど前になるか、今でもシリーズが続いている世界的人気の某ゾンビゲー、その二作目だ。友達がみんな買うもんだから、置いていかれたくない一心で母にねだった記憶が残っている。

当時の自分にはあまりに怖すぎて、結局クリアできずじまいだったけど、大人になった今ならどうだろう。近いうちにリメイク作品が発売されるというし、そちらの方でリベンジしてみるのも悪くないのかもしれない。

あるいは、明莉と一緒にプレイしてみるのも一興《いっきょう》か。……いや、ダメだ。ビビる俺を嘲笑《あざわら》う、あいつの満面の笑みが目に浮かぶ。

リフレに持ち込むとしたら、やはり件《くだん》のレースゲームがいいだろう。ここまでボロボロに負け越しているので、ぜひとも過去作の方で借りを返してやりたいものだ。

ガキの頃からゲームをやってきた、古参ゲーマーとしての意地が、俺にはある！

……と、いうか――

「――重症だなぁ……」

四六時中、とまではいかないが、なにかにつけて最近の俺は、明莉のことばかり考えてしまっている。

週一のリフレ通い。月にしたら結構な出費だ。ただ、これだけ入れ込んでおきながらどの口が言うのかといったところだが、俺は別に、明莉に惚《ほ》れているわけではないし、付き合いたいとも思っちゃいない。

外見、内面共に、異性として魅力的だとは感じている。しかしその魅力を、自分の支配下に置きたいとは考えられないのだ。

それはきっと、今の環境を変えたくない気持ち故の、他者への斥力《せきりょく》なんだろう。

俺にとって明莉との関係は、良い意味でぬるま湯だ。店と金を間に挟むからこそ、単なる遊びとしての割り切った関係を続けていられる。

ふと思う。案外、風俗にハマる男の心情とはこういうものなのかもしれないな、と。温《ぬく》もりが欲しくても、触れ合いすぎて火傷《やけど》はしたくない。そういう臆病者《おくびょうもの》たちにとっての適温が、夜の世界にはあるのかも。

「……げぷっ」

言い訳がましくあれこれ考えていたら、自然とペースが上がってしまっていた。二本目のビールを用意するけど、やっぱり進みが早くて、すぐに中身は底をついてしまう。

酔いたい、そういう心境なんだろう。明莉に会えなかったことが、自分の中で思った以上に響いているのかもしれない。

ビールを飲みきった後はハイボールを選んだ。酔いたいときはちゃんぽんするのが手っ取り早い。

明日の自分が苦しむことになっても、今、目の前にある鬱憤《うっぷん》を晴らしたい。そんなふうに自暴自棄《じぼうじき》になってしまいたい夜も、ときにはある。


足取りが重い。

やたら傾斜が急なボロアパートの階段を上るのが、いつにもまして億劫《おっくう》だ。

手すりは一応備わっているけど、赤錆《あかさ》びの浮いたそれに頼る気にはどうしてもなれない。

まとわりつく足かせの正体はわかってる。失望と徒労感だ。

どうせ金曜は広巳《ひろみ》さんの予約が入るからと、出勤を遅らせたのが失敗だった。予約のキャンセルを知った後、慌てて営業ツイートするも不発に終わり、こんなときに限ってフリーのお客さんも少なく、その結果『お茶引き』――稼ぎなしで終わってしまった。

客足は水物、こんな日もある。そうはわかっていても、稼ぎ時の金曜日にお茶を引いてしまった現実を認められず、ついつい恨み節めいた考えが脳裏《のうり》をよぎってしまう。

広巳さんめ。ここ数ヶ月は毎週欠かさず指名を入れてくれていたというのに、ドタキャンとはヒジョーにユルシガタイ。そんなんじゃ大常連《エース》失格だぞ。

なにか、急用でもできたんだろうか。仕事、あるいはプライベートで――

「………」

わざわざ沈黙を強調する自分が白々しい。フンヌッと猛々《たけだけ》しく息を吐いて、自分の中の少女くさい部分を吹き飛ばす。

広巳さんが私のあずかり知らぬところで誰かと遊んでいる。かもしれない。

だったらなに、って話だ。

私と広巳さんの関係は、あくまでお店とお金を媒介にして成り立っているもの。お互いの私生活には干渉しない、それは風俗遊びにおける不文律で、リフレにおいても然《しか》りだ。

ルールを守るからこそ、遊びは遊びとして成立する。JKリフレというゲームの運営は、店側と客側、双方の努力によって保たれなきゃいけない。

ゲーム。そう、ゲームなんだ。「JKリフレは体感できる美少女ゲームだ」と、いつだったか聞いた覚えがあるけど、まったくもってその通りだと思う。

お互いが空想の世界みたいな都合《つごう》の良さだけを持ち寄るからこそ、プレイルームの中には秩序《ちつじょ》が生まれる。理想だとか期待だとか、そんなものは不純物以外のなにものでもない。

仕事として、遊びとして、割り切ることが大事なんだ。

そうやって胸のモヤモヤに理屈で蓋《ふた》をしてから、合鍵《あいかぎ》を使ってアパートの扉を開ける。

ただいま、は言わない。言ったところでどうせ無駄《むだ》だとわかりきっているから。

靴を脱いで1DKの部屋に上がると、案《あん》の定《じょう》、同居人はヘッドフォンを耳に当てテレビゲームに夢中になっていた。

鉄砲でお互いを撃ちあうゲーム――FPSだったか。相当ハマっているようで、最近は寝ても覚めてもこればかりやっている。

「――きっも！　芋ってんじゃねえよ雑魚《ざこ》ッ！」

「っ――」

突然の怒声に、背筋が釣り針で引っ張られたみたいに跳ね上がる。

男の野蛮な怒号ほど耳障りな音はない。私は着替えを手早く用意して、駆け込むように浴室へ向かった。

頭からシャワーを流して、水音以外の雑音を世界から消し去る。

心地良さは、しかし最初の方だけ。ボロアパートに似つかわしい年代物の給湯器はすぐに音を上げ、熱湯《ねっとう》はぬるま湯へ変わってしまった。

ならばと目盛りを回して湯温を上げれば、今度は勢いが弱まってしまい、痛し痒《かゆ》し、どうしようもない。

……勢いの弱いシャワーって、どうしてこうも人をイライラさせるんだろう。

不満を残しつつもシャワーを終わらせ、髪をドライヤーで乾かしてから部屋に戻る。しかし、

「……まだやってるし」

同居人のゲームはまだ続いていた。私の帰宅に気付いたからか、さっきみたいに怒鳴ることはなくなったけど、敵に倒されるたびに「チッ」と舌打ちしたり、「味方弱すぎ」とボソボソ毒突いている。

そんな大人げない様子を横目に、私は遅めの晩ご飯の準備に取りかかる。とは言っても、出がけに作り置きしておいたものをレンジでチンするだけなので手間はない。

「……食べてもいないし」

冷蔵庫を開けると、そこにはラップをかけておいた天津飯《てんしんはん》が二皿残されていた。

一人で二人前を平らげるほど私は大食いじゃない。ひとつは同居人の分で、どうやらゲームに熱中しすぎて食事にも手をつけていないようだった。

戦争ごっこのなにがそんなに楽しいんだろう？

温め直した天津飯を頬張《ほおば》りながら、私は同居人の横顔を観察する。

同居人——一応彼氏で同棲《どうせい》相手の永井達也《ながいたつや》は、外見上はイケメンと呼んでいい整った容貌《ようぼう》の持ち主だ。

付き合いだしたのは半年ほど前。知り合ったきっかけは友人からの紹介で、交際を持ちかけてきたのは相手の方から。

私は特に面食いじゃないし、オラオラした言動も好きじゃなかったけれど、リフレで働いていることを「本人の自由じゃん」と認めてくれた懐《ふところ》の深さが気に入ってアプローチを受け入れた。

達也のそういう部分は、『優しさ』でも、ましてや『理解』でもなく、ただの『無関心』からくる上辺だけのものだとはわかっていた。

けどその頃《ころ》の私は、住まいを転々とする根無し草な生活を送っていたこともあって、「帰れる場所」というものにどうしようもなく惹《ひ》かれてしまったのだ。

どうせ一生を添い遂げるような相手でもない。いずれ一人で部屋を借りるまでの繋《つな》ぎとして、居候《いそうろう》感覚で同棲しよう。その程度の気持ちで始めた共同生活だったけど、スタートから約半年、早くも限界が見えてきてしまっていた。

「っあー、うぜ。こんなん味方ガチャだろ」

不満たらたらに言った達也が、コントローラーとヘッドフォンを乱暴にほっぽり出す。

やっとゲームを終わらす気になってくれたようだ。

不機嫌《ふきげん》なご様子だけど、私だって今夜は負けじと不機嫌だ。気を遣ってやる余裕はない。

「ねぇ、キレるのやめてよ。またお隣さんから苦情くるよ」

「あ？　ほっときゃいいって。生活音にいちいち文句つけられてたらなんもできねえよ」

「私がビックリするの。せめてヘッドフォン外してやってよ、声デカすぎ」

「無理無理。音聞かないでFPSするとかヌーブのやることだから」

欧米のコメディ番組さながら、大げさに肩《かた》をすくめて自慢げに言うところが腹立たしい。

「……どうでもいいけどご飯ぐらい食べたら？」

気遣いとしてではなく、洗い物を一緒くたに済ませたい一心で食事を勧めるけど、返ってきたのは思いもよらない言葉だった。

「もう食った」

「は？」

「外で食ってきた」

「……はぁ？」

苛立ちに声をとがらすも、達也は悪びれた素振りすら見せない。

きっと欠片《かけら》も悪いと思っていないんだろう。こいつは他人の感情に対する感受性が圧倒的に鈍いのだ。

「なんで？　言ったよね、作っておいたって」

「あぁ」

あぁ、って。

なにそれ。言い訳ですらないじゃないか。

「……なら明日、ちゃんと食べてよ」

問答するのもバカバカしく、私はそれ以上の追及を打ち切った。

言葉が通じても、話が通じない人間はいる。残念ながらこの男はその部類だ。

「……ちょっと、やめて」

使い終わった食器を洗っていたら、達也が背後から抱きついてきた。盛りのついた動物みたいに腰を押しつけてくる。

「いいじゃん」

「よくない。邪魔。ほんとやめて」

威嚇《いかく》として水切りラックに食器を叩《たた》き込《こ》むと、効果ありで拘束が緩《ゆる》む。

「機嫌《きげん》悪っ。なに、生理？」

「………」

デリカシーのなさは今に始まったことじゃない。私は努めて心を無にし、就寝の準備に取りかかった。

「こっちこいよ」

ベッド上からお声がかかるけど、無視して敷き布団を広げる。

「まだ寝るような時間じゃないだろ」

時計の短針はもう天辺《てっぺん》を超えている。十分、寝るような時間だ。

「……明日、朝から仕事なんでしょ」

フリーターの達也はバイトを掛け持ちして働いている。平日は焼き肉屋、土日は派遣。土曜の明日は、確か早朝から引っ越し作業のバイトが入っていたはずだ。

「あぁ、それなくなったわ」

「なに？　キャンセルされたの？」

派遣の仕事で急なキャンセルは珍しくもない。けど、今回はそういうわけでもなかった。

「いや、派遣自体辞めた」

「……はぁ？」

どうして、と理由を質《ただ》すと、これまた信じられない動機が達也の口から語られた。

「土日はやっぱゲームしてぇじゃん。人多いから時間帯関係なくマッチング早いし」

耳を疑った。ゲームのために仕事を辞めたと、この男は言うのだ。

掛け持ちでやっているとはいえ、焼き肉屋の稼ぎはたかが知れている。元々はそっち一本でやっていたのだけれど、欠勤が多すぎて店長の反感を買い、シフトを大幅に削られてしまったのだ。

だから派遣の仕事を始めたというのに、それを辞めてしまったら生活が成り立たないじゃないか。

しかし達也にも言い分があるようで、問わず語りに説明を始めた。

「オレ、プロゲーマー目指すわ。今、日本のＦＰＳの競技シーン、すげー熱いのよ。国内でもバンバンプロチーム立ち上がっててさ。乗るしかねぇって感じ」

「……で？」

「今んとこアマチュアチームでやってるけど、近いうちにプロチームがトライアウトでメンバー募集するらしくてよ、それ受けるつもり。だからそのためにも、今まで以上に練習の時間が必要なわけ」

だから働いている時間はありません、と。そういう理屈か。

バカじゃないの？　それ以外の感想が出てこない。

「……あんたがなにを目指そうがどうでもいいけど、その間の生活はどうするわけ？　焼き肉屋のバイトだけじゃ十万もいかないでしょ。家賃も、車の支払いだってあるじゃん」

「なんとかなるじゃん？」

いくらなんでも楽観的すぎる。そう思われた達也の考えには、しかし明確な打算が隠されていた。

「つーかさ。二人で暮らしてるのに家賃全部オレ持ちっておかしくね？　折半《せっぱん》でいいでしょ」

「はぁ？　いまさらなに言ってんの？　家賃払わなくてもいいって言ったの自分じゃん」

たかが半年前の出来事を忘れたとは言わせない。私は強い口調で続けた。

「私、最初に聞いたよね？　半分出そうかって。それであんた、なんて答えた？　女に金は出させないって、そう言ったよね？　ドヤ顔でさ。覚えてないの？」

「…………」

都合が悪くなるとすぐダンマリだ。我儘《わがまま》を通すつもりなら理論武装ぐらいしてこい。

「……どうせ汚い金だろ」

独り言のように呟かれた一言を、私は聞き逃さなかった。

「なにそれ、どういう意味」

凄《すご》みを利かせて問い詰めるも、達也はヘラヘラ笑いながら煙に巻こうとする。

「どういう意味だって聞いてんの」

「……はぁ」

うんざりしたように嘆息すると、達也はおもむろにタバコをくわえて火をつけた。キツい臭いを含んだ煙と一緒に、嫌みったらしい言葉を吐き出す。

「女はいいよな、体ぁ売れば簡単に稼げるんだからよ」

「は？　リフレはあんたが考えてるような仕事じゃないんだけど」

「知るかよ、風俗と似たようなもんだろ」

「…………」

最初からわかっていたことだ。理解なんかじゃない、ただの無関心だと。

なのに、どうしていまさらその事実に抵抗を覚えてしまうんだろう。

生娘《きむすめ》を気取る気はない。裏切られたなんて思うほど端《はな》っから信用もしていない。

男の寛容《かんよう》さなんてのは、コーティングされたチョコレートのような薄っぺらいもので、それは肌寂《はださび》しさを温めた温度で簡単に溶け落ちてしまう安物が大半だ。

甘さはいつまでも続かない。いつか絶対に、苦みは奥から現れる。

吐き出すか、飲み下すか。

これまでは飲み下してきた。これた。

それなのに、今日に限ってやたらと喉《のど》につっかえるのはどうしてなんだろう。

「……汚い金？　だったらなに。ていうか、それに頼ろうとしてるあんたはなんなの？　汚物にたかるハエかなにか？」

「はぁ～～？」

敵意も露《あら》わな、剣呑《けんのん》な視線。

怖くはあるけど、逃げはしない。

中途半端に強い私は、なまじ戦ってしまうからこそ怪我《けが》をする。

「ていうかさ、タバコ消してよ。部屋の中で吸わない約束じゃん」

「うるせーわ。ここ、お前の家じゃねーから。文句あるなら出てけよ」

「あっそ」

売り言葉に買い言葉っていうのは、まさにこういうやり取りを言うんだろう。

どのみち時間の問題だったと思うし、ずるずる引きずっていたらヒモ化する可能性だって

ある。ここらでスパッと断ち切るのが賢い判断だ。

服を着替え、荷物をまとめだした私を見て、達也が少し動揺したように言う。

「え、なに、マジで出てくの」

「…………」

「待てって。ごめん、言い過ぎた。俺が悪かったって」

そう言いながらタバコの火を消す達也だけど、

「っ⁉　けひっ――けひっ――」

貧乏性からか、最後に大きく煙を吸い込んだせいで盛大に咳《せ》き込んでいる。

「……ねーわ」

怪鳥の鳴き声みたいな気色悪い咳の音に、気持ちは完全に冷め切った。

最低限の荷物を詰め込んだキャリーケースを引きずって、別れの言葉もなく家を出る。

名残惜《なごりお》しさのひとつも感じない私は、果たして薄情な人間なんだろうか。

半分ほど中身を残したグレンリベット十二年の瓶《びん》を傾《かたむ》ける。琥珀《こはく》色の液体がロックグラスを満たすと、溶けた氷が崩れて、鐘《かね》のような心地良い音を鳴らした。

「おぉ……」

　ＣＭの演出みたいな現象に自然と頬《ほお》が緩む。ウイスキーがぁ～ふんふふ～ん♪　なんて口ずさむぐらいには、できあがっていた。

「……ん？」

　デスクの端に置いておいたスマホが、音と振動で着信を知らせる。画面を確かめると、番号は店の固定電話のもの。

「……やーな予感……」

　深夜に仕事先からかかってくる電話に良い思い出は少ない。しかし店を預かる身としては無視するわけにもいかず、酩酊《めいてい》にふらつく意識に鞭打《むちう》って電話に出た。

「はいはーい」

『もしもし、お疲れ様です。杉浦です』

「おぉ、どした？」

『すみませんこんな時間に。……あの、ちょっと前に出入り禁止にした、無低《むてい》の住人いたじゃないですか』

「あぁ……」

　無低――正式名称は、無料低額宿泊所。

　一応は国に届け出された、民間の福祉《ふくし》居住施設……なのだが。

その実態の多くは、路上生活者や、医療からこぼれ落ちた精神疾患《しっかん》患者など、他に行き場のない人間を集めて生活保護を受けさせ、生活費の名目で保護費を吸い上げ利益《りえき》にしている、いわゆる『囲い屋』だ。

住人たちは一癖《ひとくせ》も二癖《ふたくせ》もある奴《やつ》らばかりで、これまでも度々、うちの店も迷惑行為の被害にあってきた。

件の住人に関しては、従業員への声かけ行為があまりにしつこく、業務に支障が出るほどだったので、やむなく出禁を言い渡したわけだが――

「なに、あいつまた来たの？」

『はい。もう来ないでくださいって言っても、喋《しゃべ》りに来ただけで買い物しに来たわけじゃないって、意味わからない言い訳して。ずっと私に絡《から》んできてたんですけど、そのうち店内にいた女性のお客さんに狙《ねら》いを変えて、連絡先教えてくれとか遊びにいこうとか……』

「コンビニでナンパなんかすんなよなぁ……」

『その方も断ったんですけど、そしたら急に怒りだして、ちょっと手がつけられなくって。お客さんも帰るに帰れない状況なんですよ……どうしたらいいでしょうか……』

電話口の向こうから、男の怒号と思われる声が遠く聞こえてくる。

こうなったら警察を呼ぶのが一番だが……杉浦さんの怯《おび》えた声には今にも泣き出しそうな気配があって、このまま対応を任せるのも気が引ける。

「……わかった、今からいくよ」

『ごめんなさい、せっかくお休みのところを……』

「いやいや、全然。気にしないで。……そうだな、とりあえずその女性のお客さん、事務所で匿《かくま》ってあげようか」

『あ、はい。今、事務所にいてもらっています』

「そっか。じゃあすぐ向かうから、ちょっと待っててね」

『はい、すみません。よろしくお願いします』

「うぃうぃ～。……さぁて、とっ？」

通話を終わらせたスマホを手に立ち上がると、足下がふらついてあやうく転びそうになってしまった。グレンリベットがあまりに飲みやすいもんだから、ついつい量をいってしまったらしい。

予感がする……これは明日に響く酔い方だ。

「……だぁー！　いくかぁー！」

後悔も憂いも、酔いと深夜テンションで纏《まと》めて吹き飛ばす。景気付けにグラスの中身を一息に飲み干してから、俺は適当なパーカーを羽織《はお》って店へと向かった。

「――ナメとんのかぁ⁉　あぁ⁉」

自動ドアの来店チャイムが鳴り響くと同時、男の胴間声《どうまごえ》が耳をつんざく。

見れば、見覚えのある五十がらみの男がレジ前でいきり立っている。俺は努めて冷静に声をかけた。

「こんばんは。どうされました」

「あぁ？　んだぁオメェ！」

「店長です。覚えてないですか？」

敵意で爛々《らんらん》に血走る白内障《はくないしょう》で濁った瞳《ひとみ》が、ガンをつけるように覗き込んでくる。

やがて思い出したのか、男は口角泡を飛ばす勢いで——というか実際に唾《つば》を飛ばしながら——吠《ほ》えた。

「おい！　オメェんとこはどういう教育してんだぁ⁉　こっちはなぁ、客だぞぉ！」

出禁にした時点で客ではないのだが。

そう説明したところで、まぁ話は通じないだろう。呂律《ろれつ》が回っていない口調や赤ら顔から察するに、おそらく相当酔いが回っている。

「ちょっと外でお話ししましょうか」

他のお客さんの邪魔になるので、このままやり合うわけにもいかない。店外に場所を移して、俺は話の続きを始めた。

「あの、以前お伝えしましたよね？　もう来てもらっちゃ困るって」

「買い物しに来たんじゃねえわ！　バカ！」

「……それでもダメです。出入り禁止なんでね。申し訳ないけど、帰っていただけますか」

「うるせぇ！　ナメてんのか⁉」

ナメてます。そう言いたい口を固く閉じて、俺はあえて傾聴の姿勢を取った。

経験上、この手の輩《やから》を相手取るときは、決して同じように激昂《げきこう》してはいけない。相手が満足するまでひたすら話を聞く。これこそが解決への最善手だ。

「オレぁなぁ！　社長なんだよぉ！」「年収一千万ある！」「部下は百人いてぇ！」「国家資格だって持ってる！」「オレが呼べばすぐ人が集まるぞぉ！」「こんな店すぐ潰《つぶ》せる！」「ビビったかぁ？　へへ！　へへへへ！」

誰が聞いても明らかな虚言を繰り返す、くたびれたジャージ姿。

小指だけ伸ばした黄白色の爪《つめ》で鼻をほじりながら、男はしばらくの間、浮かされたように喋り続けた。

「──ナメるなよぉ……人をよぉ……オマエ……オマエらみてぇのが……チッ！」

やがて熱が冷めたのか、男は舌打ちひとつ残し、そそくさと立ち去っていった。

「…………」

夜闇《よやみ》に溶けていくしょぼくれた背中を見送りつつ、ふと考えてしまう。

あの人はこれから、どこへ向かうのだろうか。

この夜を、明日を、その先の未来を、どう過ごしていくのだろうか。

囲い屋は、言うなれば最も底辺に置かれた社会の受け皿だ。

仕事にも就《つ》けず、血縁者《けつえんしゃ》にも見放され、福祉にも独力でかかれない人間が、路上との二択の先に行き着く最果ての地で、彼のような人間は、いったいどんな気持ちで毎日を過ごしているのだろう。

家畜のように飼われるタコ部屋暮らしの毎日。いいように搾取《さくしゅ》され、手元に残る月々の保護費は微々たるものだと聞く。

同情するつもりはない。むしろその生活ぶりには、怒りと呆《あき》れを感じずにはいられない。

月初め、生活保護費の振込日の直後、うちの店の酒売り場からはふたつの商品が決まって姿を消す。

自社ブランドの安価な缶チューハイと、飲みきりサイズの紙パック入り清酒。どちらも施設の住人が酒盛りのため、こぞって買い込んでいくからだ。

小学生が使うようなスポーツブランドの折りたたみ財布から得意げに万札を取り出し、嗜好品《しこうひん》ばかり買い求める彼らに、とてもじゃないが笑顔を向けて接客なんかできやしない。税金で好き放題しやがってと、いつも心中で毒突きながらレジを打っている。

ただ——未来の可能性を溶かすことでしか生きられないその人生に、漠然《ばくぜん》とした悲しみを覚えてしまうのも確かだ。

落ちぶれたくて落ちぶれた奴なんているわけない。なにかに躓《つまづ》いたはずだ、どこかで足を滑らせたはずだ、もっとまともな生き方もできたはずだ。

たとえ原因の根幹が本人にあるとしても、感情論で全《すべ》てを断じることに正義はあるのだろうか。

最低限の普通にすらなれない人間は、この世の中にどうしたって存在するのだ――

「――はぁ」

息を吐き出すのと同時、思考も一緒に吐き捨てる。畢竟《ひっきょう》、人間がどうにかできるのは己《おのれ》の身ひとつだけなのだから、俺は俺のすべきことをすればそれでいい。すなわち、

「ウコン買って帰るか……」

そして速《すみ》やかに飲んで寝る。それが今、俺のできる最善だろう。

「あっ……店長」

店に戻ると、杉浦さんが不安をいっぱいに湛《たた》えた表情で待っていた。

「ごめんなさい、わざわざ……」

「いやいや。とりあえず追っ払っておいたから、もう大丈夫よ」

「そうですか……よかった」

心底ホッとしたように安堵《あんど》の吐息をもらす杉浦さん。

鬼軍曹なんて恐れられていても、そこはやはり一人の女の子。不逞《ふてい》の輩に絡まれたら、恐怖に身がすくむのもやむなしだろう。

「では、お客様にもそうお伝えしますね」

「あぁ、俺から伝えておくよ。杉浦さんは気にせず仕事戻っちゃって」

「はい。……あ、店長。服が……」

服？　杉浦さんの視線を追って自分の胸元《むなもと》を見てみると——……なんたることか、べとべとになっていた。

どうやら先ほどのやり取りの中で、罵声《ばせい》と一緒に唾まで浴びせられていたようだ。

「ぐわー、こりゃひでぇな……」

生理的嫌悪《けんお》感からとっさにパーカーを脱ぎ捨てると、

「ひゃぁ⁉」

ストリップと勘違いされてしまったか、杉浦さんに可愛《かわい》い悲鳴を上げられてしまった。

「はは、大丈夫。ちゃんと下、着てるから」

「は、はい……」

ごめんね、と一言謝ってから、レジ奥にある事務所へと足を向ける。

「こんばんは～。ご迷惑おかけしちゃったみたいで。どうもすみません」

己に非はなくとも、とりあえず謝罪するのが商売人の処世術。すっかり身について癖になった営業スマイルが自動的に浮かぶも——

「声高！　仕事中だとそんなふうなんです？」

——一瞬で凍りつく。

ウケる〜、と言ってケラケラ笑う、鼻にかかったアニメ声。思えば初対面以来となる私服姿に違和感はあるものの、間近で見続けてきたその顔は疑うべくもない。

「……なんでお前がここにいるんだ」

ずきずきと痛み始める頭を抱えながら問《と》い質《ただ》すと、待ってましたと言わんばかりの勢いで返事が返ってきた。

「それがね〜！　聞いて！　聞いて！」

女が『聞いて』から始める話には嫌な予感しかしない。

そして残念ながら、その予感はずばり的中することになる。

あらかた事情を聞き終えた頃には、頭の疼痛《とうつう》はますます酷《ひど》くなっていた。


時間の感覚というものは、年を経《へ》るごとに随分《ずいぶん》と変わっていくものだ。

学生の時分は長く感じた授業の一コマ四十五分も、今シフトでこなすとなると気付いたら終わっているレベルで、本当に時間の進みが早くなったと感じられる。

子供の頃によく、「大人になってからの一年は早いぞ」と、年長者から脅されていたものだけど、あれは脅しでもなんでもなく、ただ事実を伝えていただけなのだと思い知った。

店長になってからは特にそうだ。気分的にはついこの間ターンキー――店をオープンするときに行うセレモニー的な催《もよお》し――を迎えたばかりなのに。

だが、今日。この今日一日に限っては、とんでもなく時間の流れが遅く感じられてしまった。時計を見ては、あぁまだこんな時間なのかと、益体《やくたい》もない焦燥《しょうそう》を繰り返すばかり。

早く家に帰りたい、一刻も早くだ。そう思えば思うほど、焦《あせ》りは募《つの》って時間感覚を鈍化させる。いや、この場合は鋭敏にだろうか。どちらにせよ苦痛以外のなにものでもない。

シフトはバイトで埋まっているものの、今夜は高校生コンビなので任せるには不安が残る。緊急の用事ではないからいいけれど、今後のことを考えると、自分の代わりを務められる社員を昼間の時間にも置くべきなのかもしれない。

今のところ従業員の中に候補はいないので、採るとしたら求人を出して外部からの登用になるが……できればそれは避けたいところだ。

やはり社員登用するなら、バイトからのたたき上げが理想だろう。杉浦さんくらい頼りになるフリーターが応募してきてくれるといいのだが――と、噂《うわさ》をすればなんとやら。

「おはようございます」

深夜帯責任者の杉浦さんが出勤してきた。まだシフトの三十分前だというのに、いつもながら真面目なことだ。

「昨日はご迷惑おかけしました」

「あぁ、いやいや」

「あの後、大丈夫でしたか？　送っていかれたんですよね」

顔見知りの子だから送っていくよ――昨夜の別れ際《ぎわ》、俺は杉浦さんにそう伝えて店を出た。嘘《うそ》はついていないが、事実をぼかしているのは確かなので、後ろめたさはどうしても拭《ぬぐ》えない。

しかしそこは接客業で食っている人間、内面を隠して人に接するのはお手の物だ。

「うん、大丈夫だったよ」

「そうですか、よかったです。――……」

隣の椅子《いす》に腰かけた杉浦さんが、なにやら物言いたげにもじもじしている。

二人きりの事務所内を満たす、沈黙の空気。それを破ったのは、少し上擦《うわず》った声だった。

「き、昨日、店長が来てくれたとき、すごくホッとしましたっ」

こちらのリアクションを確かめることもなく、杉浦さんは矢継《やつ》ぎ早《ばや》に続ける。

「あの人、なにを言っても怒鳴るばっかりで……私、本当に怖くて……もう少しで泣いてたかもです……」

「はは、そっか。間一髪《かんいっぱつ》間に合ってよかったよ」

「ごめんなさい……私一人で対応できたらよかったんですけど……」

「いいよいいよ、全然。男の怒鳴り声なんて、女の子にとっちゃ暴力同然でしょ」

「そう！　本当にそうです！」

首が取れそうな勢いで首肯《しゅこう》する杉浦さん。男の怒声に苦手意識を持つ女性は多いと聞くが、どうやら彼女もその口らしい。

「もしまた来るようなことがあったら、そんときは遠慮せず電話してな」

「はい、ありがとうございます。――……」

再びもじもじモードの杉浦さん。

「……店長って――」

そして躊躇《ためら》いがちに、とんでもないことを言ってきた。

「――良いパパさんになりそう」

「パパぁ？」

パパ。親父《おやじ》。お父さん。俺が？

いやいや、まだそんな年齢じゃ――いや、もうそんな年齢か……今年の誕生日を迎えたら三十歳になるわけだし……。

予想外の評価に動揺してしまうが――なぜだろう。評価を下してきた相手の方が、よりいっそう動揺しているぞ？

「て、ててて、店長はっ、け、結婚願望とか、ないんですかっ？」

「結婚？　結婚かぁ……考えたこともないな……」

願望の有無《うむ》以前に、これまで結婚についてまともに考えたことすらなかった。

「店長はきっと、家庭を大事にする良いパパさんになると思いますっ」

「はは……そうかな」

「絶対そうです——あ！　別に変な意味はないですよ⁉」

「変な意味？」

「いえ……あのぉ……なんと言いましょうか……」

言葉を濁す杉浦さん。やがて彼女が口にした苦《くる》し紛《まぎ》れのような一言は——俺にとって、思わぬ不意打ちだった。

「私にとって店長は、パパさんっていうより、お兄さんって感じですからっ」

「…………」

「私、長女だから兄姉に憧《あこが》れあって。もし店長がお兄さんだったら、きっと頼りがいのある良いお兄さんに——」

「ごめん」

雑談をさえぎって、俺は椅子から立ち上がった。

「ちょっと用事あるから、先に帰らせてもらうね」

「あ、は、はい。お疲れ様でした……」

お疲れ様です。俺も同じように返して、足早に事務所を後にした。

廃棄間近の弁当探しも、毎日の習慣であるビールすら購入せず、そのまま一目散に帰宅する。

すまない、杉浦さん。嘘じゃないんだ。

今日は、今日だけは本当に、なにをおいても優先しなければいけない用事がある。それは――

「おかえり～」

――我が物顔で出迎えてきたこいつの処遇を決めることだ。


「晩ご飯まだですよね？　準備しとくんで、先にお風呂入っちゃってください」

「は？　いや、あのな――」

「まぁまぁ。積もる話はまた後ほど、ね？」

ニコッと笑んで、手に持った菜箸《さいばし》を拍子木《ひょうしぎ》みたいにカチカチ鳴らす。踵《きびす》を返してキッチンに戻っていくその後ろ姿に、底知れぬ妖《あや》しさを纏《まと》ったリフレ嬢としての面影《おもかげ》は見出《みいだ》せない。

もこもこ素材のパーカーと、同じ素材のショートパンツ。なんでもない格好だが、プライベートな姿を見慣れていない分だけ、いささか面食らってしまうところがある。

「……はぁ」

言いなりになるのは癪《しゃく》だが、反発したところでどうにもならない。

とりあえず大人しく家にいてくれたことに安堵の息をひとつ、俺は着替えを用意して風呂場へ向かった。

「……？」

いつも通りのルーティンでさっぱりしたところで、ふと気付く。

浴槽《よくそう》に、湯が張ってある。

そりゃ浴槽には湯を張って当然だが、いつもシャワーだけで済ませてしまう質《たち》の自分にとって、これは非日常とまではいかなくとも、物珍しさを感じてしまう類《たぐ》いの光景だ。

「…………」

自分の家なのに、もてなされているようでどうも釈然としない。頼んだわけでもないのに、なにを勝手にと、ひねくれた考えが脳裏をよぎる。

しかしこのまま出てしまうのもなんとなく不義理に感じられ、まぁ少しぐらいはと、浴槽をまたいで湯船に身を沈めてみた。

「……はぁ」

先ほどとは毛色の違う溜《た》め息《いき》がこぼれる。湯船に浸《つ》かったのなんていつぶりだろう……

案外悪くないものだ。

「……ん？」

両手で湯をすくって顔を洗っていたら、なにかが指に絡まった。

髪だ。長く艶《つや》やかなそれは、誰の頭から抜け落ちたものなのか確かめるまでもない。

先に入っていたのか。――いや、別にいいのだけど。――いやいや、やっぱりよくない。

一番風呂云々《うんぬん》の話ではなく、そもそもあいつがこの家にいること自体が問題なのだ。

湯船でまったりしている場合ではない。髪の毛一本にそれを気付かされた俺は、曲げていた膝《ひざ》を伸ばして浴槽から立ち上がった。

そして手早く体を拭《ふ》き、部屋着に着替えて室内へ戻ると、

「早っ、ちゃんと浸かりました？」

母ちゃんみたいな反応に出迎えられた。

イエスともノーとも言えず、俺はただ渋面《じゅうめん》を作ることしかできない。しかしキッチンに立つ明莉は特段気にしたふうでもなく、手に持っている食器をこちらにずいっと突き出してくる。

「はい。これ、運んでください」

反射的に受け取ってしまう。買うだけ買って埃《ほこり》を被《かぶ》らせていた木製の汁椀《しるわん》には、濁りのある茶色の液体が湯気を立てていた。

味噌汁《みそしる》、のようだ。半月切りにされたタマネギの厚みと、所々型崩れした豆腐《とうふ》の不揃いさが、インスタントではなく手作りであることを主張している。

「なにボーッと突っ立ってるんですか？　早く持ってってくださいよ」

「あ？　あぁ……」

せっつかれて、渋々だが動き出す。普段食卓として使っているのはもっぱら洋間のＰＣデスクだったが、明莉が食膳《しょくぜん》を用意したのはリビングのローテーブルで、やむなくそちらに移動する。

カーペットに尻《しり》をつけるのも久々だ。テーブルに目をやれば、自分で運んできた味噌汁以外にも、ほぐしたサラダチキンが散りばめられたサラダと、目玉焼きが乗せられた焼きそばが並んでいた。

「はぁ～、お腹《なか》減った。ささ、食べましょ」

「いや、ちょっと、あの――」

「いただきまーす」

こちらの言葉をさえぎり、明莉は両手を合掌《がっしょう》させた。初手サラダ派の人らしく、小さな口には不釣り合いな豪快な食べっぷりで野菜を咀嚼《そしゃく》していく。

「サラダチキンってマジ便利ですよね～。これ入れるだけでサラダがめちゃ食べやすくなりますもん。コンビニでも売れてるんじゃないですか？」

「あぁ？　まぁ、そうだな……」

年々健康志向が強まっている市場の中で、サラダチキンはいまや売り場に欠かせない基本商品のひとつだ。

サラダに入れるのはもちろん、そのままかじりついてもいいので、おにぎりやサンドイッチといった、いわゆるワンハンド商品の代わりにこれを買っていく人も多い。

単価も高く賞味期限も割と長いため、店側からしたら稼げる商品――って、そんな蘊蓄《うんちく》はどうでもいい。

話すべきことは他にある。がしかし、飯が冷めるのももったいないので、ひとまず箸《はし》を動かすことにしよう。

「……不思議な味付けだな」

味噌汁を一口すすってみての率直《そっちょく》な感想だった。

決して不味《まず》いわけではなく、不思議。外国のミネラルウォーターを初めて飲んだときのような、そんな違和感がある。

違和感の正体は、甘みだ。無視できないほど甘みの主張が強い。

味噌だけの甘みじゃない、タマネギの甘さでもない、どこか酸っぱくもあるこの独特な甘みは、和食よりも中華っぽい気もするが――？

「お酢《す》入れてあるからかな？」

もったいぶることなく明かされた種に合点《がてん》がいった。確かにこれはお酢の甘さだ。

「前にテレビで紹介されてたんですよ。それで真似《まね》してみたらハマっちゃって。あ、もしかしてお酢苦手でした？」

「んー……」

もう一口飲んでみる。コクの強さはややもするとくどいが、汁物をおかずのひとつとして見るなら許容範囲、といった感じか。

「いや、これはこれでありかもな。タマネギと相性《あいしょう》が良いと思う」

「えへへ、でっしょー？」

「もう少し具材の種類と量を増やすといいかもな。汁オンリーでいっちゃうとお酢の主張が強すぎてちょっとくどい。ニンジン、ピーマン、さつまいもなんかも合いそうだ」

「え、レビューが的確すぎて逆にキモい……」

失敬な！　と思ったが、確かにキモかったかもしれないなと反省。

しょうがないだろ……職業柄どうしても新商品には点数をつけてしまいがちなんだ。いやこれは商品ではないのだけれど。

「じゃ、次からはそうしてみますね」

あぁ——と頷《うなず》きかけ、すんでの所で思いとどまる。

「ちょっと待て、次ってなんだ」

「次は次ですよ」

「……なに、住み着く気なの？」

「はい♪」

事も無げになされた宣言に、俺は言葉を失った。

「広巳さんって全然自炊しないでしょ？　冷蔵庫、展示物かってぐらいガラガラだったもん。せっかくの大型なのに、宝の持ち腐れですよね～。ま、これからは私が有効活用するんで安心してください」

こう見えても料理上手なんですよ！　と誇らしげに言う明莉だけど、こちらとしては不安しか覚えない。

「いやいや、いやいやいやいや。なにを勝手に決めてるんだ、おかしいだろ」

同棲していた彼氏と喧嘩《けんか》別れして、他にいくところがないと泣きつかれたから、仕方なく一晩泊めてやっただけなのだ。その判断さえ酩酊状態故の早計だった向きがあるのに……一緒に暮らす？　いくらなんでも飛躍が過ぎる。

「時間が時間なだけに、今すぐ追い出すつもりはないけど……それでも明日には出て行ってもらうからな」

「え～～～なんで～～～」

「なんでって……どう考えてもおかしいだろ。付き合ってもいないのに一緒に暮らすとか……」

「ふきあえばいいひゃないてしゅか？」

目玉焼きをくわえながらの発音は歯擦音《しさつおん》が死んでいたものの、意味は十全に伝わった。

「ていうか、こっちの方が疑問なんですけど」

目玉焼きを咀嚼し終えると、明莉はむしろ俺の方に非があると言わんばかりの勢いで、舌鋒《ぜっぽう》も鋭く続けた。

「広巳さんは私のことを気に入ってるんですよね？　だから毎週サク女に通ってるんですよね？　だったら喜ぶべきじゃないですか、普通は。目当ての女が自分から転がり込んでくるんですよ？　男からしたらこれ以上ないくらいにカモネギじゃないです？」

「………………」

そこを突かれるところも弱い。それなりの金と時間を使ってまで通い詰めているのだから、動機に下心があると思われても仕方がないところではある。

だが――

「――俺がリフレに通っているのは、あくまで息抜きのためだ。恋愛目的とか、そういうのとは、断じて違うんだよ」

切り口上で言い切ってみせるも、明莉は納得するどころか、ますます疑義を深めるように眉《まゆ》をひそめる。

「いやいや、意味不明ですから。たかが息抜きのために毎回一万以上も使います？　エロ系のオプションも全然頼まないし。おかしいですすって」

「……そういう客もたまにはいるんだろ」

「いるにはいるけど。非《ピ》エ《ュ》ロ《ア》目的の客も、結局腹の中にあるのは下心でしょ？　店を通さず個人的に付き合いたいから、オプション頼まないことで誠意ありますアピールしてるだけじゃないです？　広巳さんは違うんですか？」

「……違う」

「なのにエロには手を出さないって矛盾《むじゅん》してません？　前からずっと疑問だったんですけど、広巳さんって本当はなにを目的にリフレ通いしてるんですか？　そのへんちっとも見えてこなくて、超～～～消化不良」

「…………」

俺が、リフレに通う目的。

自問して思い浮かぶのは、大きくわけて三つの理由だ。

ひとつ目は――家と職場を往復するだけの退屈な毎日に、刺激と潤《うるお》いを与えたかったから。

ふたつ目は――三十歳という区切りの年齢を前に漠然とした不安を感じ、衝動的に逃げ道を欲してしまったから。

そして三つ目は――

「――……目的なんて、人それぞれだろ」

意識的に思考を断ち、ぶっきらぼうな言葉で話の流れも断つ。

結局俺が選んだのは、この場を乗り切るためだけの、卑怯《ひきょう》そのものな韜晦《とうかい》だった。

「そもそも、こんな年離れた相手をわざわざ選ぶ必要もないだろうが」

「ゆうて一回りくらいしか違くないですか？　よゆ〜よゆ〜！」

「……だとしても、好きでもない男と暮らすなんて嫌じゃないか」

「全然？　ていうか私、広巳さんのこと普通に好きですよ？」

あまりに自然体なのが逆に嘘くさい。というより、説得力がない。きっと明莉にとって、

「好き嫌い」より「有り無し」の方が、男を選ぶ上で優先すべき要素なのだろう。

曲がりなりにも好意を示されることに悪い気はしないが、それだけでほだされてしまうほど俺もチョロい男ではないつもりだ。改めてノーを突きつける。

「とにかくダメなものはダメだ」

「お願いですよ〜。一年だけ、一年だけでいいですから！　あともう少しなんですよ〜」

どういう意味だ？　そう質《ただ》すと、明莉は言った。

「今はちょっと、事情があるっていうか、貯金もないし無理なんですけど。成人したら一人暮らしする予定なんです」

「……だからその間までの繋ぎとして、うちで生活させろと？」

「そゆこと〜♪」

「そゆこと〜、じゃねえよ……」

いくらなんでも生き方が軽すぎる……。

「いくとこないなら実家戻れよ。地元この辺なんだろ？」

「それは無理」

食い気味で発せられた否定は、平坦《へいたん》なトーンの割にはやたらと感情的に聞こえた。

理由を問うのは、野暮《やぼ》というものだろう。

「いいじゃないですか～。ていうかこの家、一人で暮らすには広すぎますって！　和室とか全然使ってないですよね？　埃積もってましたもん。あの部屋ちょーだい！」

「ちょーだいって」

「家事はちゃんとやりますしぃ――それ以外の『お世話』だって、バ～ッチリこなしちゃいますよぉ？」

「お前な……」

明莉がなにを伝えたいのか、解《げ》せないほど俺も初心《うぶ》じゃない。

上目遣《うわめづか》いで注《そそ》がれる挑発的な眼差《まなざ》しに、俺は深く嘆息してみせる。

「言ったよな？　恋愛目的じゃないって」

「別に無理に付き合えとは言ってないですよ？　体だけの関係でも全然」

「……本気で言ってるのか」

「もちろんっ」

「……悪いけど俺は、そこまで節操のない男にはなれない」

潔癖《けっぺき》だなぁ、と明莉は不満そうにこぼすが、俺からしたらそっちの方が奔放《ほんぽう》すぎだ。

淀《よど》みのない言動から察するに、ずっとこんなノリで生きてきたんだろう。そしてこれからも、同じようにして生きていくんだろう。

その生き方を否定するつもりはない。綺麗事《きれいごと》だけで生きていけるほど、この社会は生温《なまぬる》くないことは知っているつもりだ。女一人という立場ならなおさら。

必要なら、男なんていくらでも利用すればいい。けどそれは、大きなリスクを伴ったやり方でもあることを、明莉は自覚しているのだろうか。

どうしようもないほどクズな男はどこかしらにいる。それこそ女をモノとして扱うような、鬼畜と呼ぶに相応《ふさわ》しい輩は、この世の中に確かにいる。

もしもそういう男と巡り会ってしまったら、奪われるのはきっと体だけじゃ済まないだろう。

自分なら大丈夫と、そう思っているのなら大間違いだ。運命の出会いには、ロマンティックとかけ離れた悲運の巡り合わせだって含まれる。

現実という物語に王道は存在しない。ハッピーエンドもバッドエンドもあまねく存在し、それらは『運』という絶対のストーリーテラーによって語られる定めにある。

そう考えると、やはり俺にとって明莉の生き方は、どうしたって危険な綱渡りに思えてしょうがない。

「…………はぁ」

あまりに危なっかしいもんだから、手を差し伸べたくなっても、これは仕方がないことなのだ。

「一年だけって、具体的にはいつまでだ」

「来年の四月です」

今は五月の半ばだから……だいたい十一ヶ月後か。

「え、それ訊《き》くって、もしかして？　もしかします？」

「……言っとくけど、同棲するつもりはない。部屋を間借りさせてやるだけだ」

不承不承《ふしょうぶしょう》に伝えると、明莉の表情にパッと笑顔が弾《はじ》けた。

「やった！　ありがと、広巳さん！」

大層上機嫌に顔を綻《ほころ》ばせる明莉だが、その一方で俺の心境としては複雑だ。

昨日まではリフレ嬢と客の関係でしかなかったはずなのに、どうしてこうなったのか。

それこそ運命の悪戯《いたずら》としか思えなくて、ただただ辟易《へきえき》の吐息だけが重なってしまう。

話に夢中になるあまり、すっかり温くなってしまった焼きそばを口に運ぶ。いたってオーソドックスなソース味。味噌汁と違って無難《ぶなん》な味付けに、正直ホッとした。

四章 根無し草が根づくために

episode 04

別になにかを期待していたわけじゃないが、明莉《あかり》との共同生活は、蓋《ふた》を開けてみれば拍子《ひょうし》抜けなものだった。

そもそも俺《おれ》が一日の大半を職場で過ごしていることもあって、顔を合わす機会がそこまでない。

食事は明莉が用意してくれるようになったので、朝食と夕食は決まって一緒に取っているものの、それ以外ではお互い自由なものだ。

これならまだ、リフレで会っていたときの方がよっぽど近しい関係だったと思える。

「……くぁ……」

奇妙なことになったもんだなぁと、自室のベッドに寝転がりながら、俺はお気楽な調子であくびをかみ殺した。

今日は週に一日だけ許された非番の日。

店はオーナーが見てくれているので、トラブルで呼び出される心配もない。溜《た》まりに溜まった一週間の疲れを癒《い》やすためにも、真っ昼間から存分に惰眠《だみん》を貪《むさぼ》らせてもらうとしよう。

一流の社畜にとって、休日に「寝る」以外の選択肢は存在しない。睡眠こそが人生最大にして最高の娯楽なのだ……！

「ひっろみさ～ん」

――しかし、そんな至福の時間を台無しにする声がひとつ。

部屋の入り口を見ると、ここ数日ですっかり見慣れた部屋着姿の明莉が、すっぴんの顔を扉からひょいと覗《のぞ》かせていた。

「今日はこの後、一日お休みなんですよね？」

「そうだけど」

「だったらどこか出掛けません？　私もちょうど、暇《ひま》してるんですよ」

外出のお誘いがかかるが、俺の返答は決まっている。

「いや、いい」

「え～～～。そんなこと言わずにデートしましょうよ～」

「一人でいってくれ……」

すげなく断るも、明莉の勧誘はしつこい。部屋の中にまでずかずか入ってきて、なおも言い募《つの》ってくる。

「一人でどうやってデートするんですか～！」

「そこはお前、エア彼氏を作ってだな……」

「いやですよそんなの！」

俺の素晴らしい提案を突っぱねた明莉が、言葉の勢いそのままにベッド上へと侵略してきた。

そして、なんの意味があるのか定かじゃないが、俺の膝《ひざ》――ベッド上で立てている――の上に顎《あご》を乗せて、ふがふがと不満を口にする。

「つまんな～い。もっとイチャイチャしましょうよぉ～」

「なにバカなことを――ってか、それ、地味にくすぐったいから、やめっ……！」

下手《へた》に動いたら顎を蹴《け》り上げてしまうかもしれない。そんな俺の気遣いは、しかし逆手に取られてしまった。

「ぷぅ～」

「ぬああっ⁉」

不意に膝へ押しつけられた唇《くちびる》の感触と、吹き込まれる息の生暖かさ。

これまでの人生でおよそ感じたことのない奇妙な感触に、俺はたまらず声を上げて、ベッドから転げ落ちてしまった。

「あっはっは！　ぬああっ、だって！」

「なにっ……がしたいんだお前は！」

　ベッド脇《わき》に立ち上がった俺は、入れ替わりに寝転がった明莉を見下ろし、強い口調で問《と》い質《ただ》す。

　しかし明莉はどこ吹く風で、むしろ俺の方に非があると言わんばかりに答えてみせた。

「だって広巳《ひろみ》さん、全然構ってくれないんだもん」

「構ってくれないって……そもそも構う必要がないだろ」

「あります」

「ありますよ」

　即答された言葉に宿る、妙な迫力。

「…………」

　こちらが見下ろす形なのに、なぜか圧倒されている感じがする。

　パーカーにショーパンという、これぞ部屋着といった緩《ゆる》い服装のくせに、目つきだけはやたらと真剣だ。

　注《そそ》がれる視線の圧に耐えきれなくなった俺は、ことさら理性的な自分を意識して、忠告の言葉を口にした。

「言ったよな？　間借りさせてやるだけだって。できるだけお互いの私生活には干渉しない。このルールを守ってもらわないとこっちも困るんだよ」

「むぅ～……」

「わかったか？」

「……は〜い」

念を押すと、明莉も不承不承《ふしょうぶしょう》だが頷《うなず》いた。名残惜《なごりお》しそうに部屋を出て行く。

「…………」

冷静になって考えれば、明莉がこうしたアプローチを仕掛けてくる理由はなんとなく察しがつく。

ひとまずは乗り切れたが——これで懲《こ》りるほど、あいつも大人しい性格をしていないだろう。

「……はぁ」

これからのことを考えると、溜《た》め息《いき》はどうしたって重くなるばかりだった。

私がまだ小学生だった頃、『神待ち少女』なんて言葉がメディアを騒がしていた時期があった。

家出したはいいけど行く当てもお金もないから、掲示板《けいじばん》やプロフサイトを使って、食事や寝床を提供してくれる男を探す、未成年の女の子——大まかに説明するとそんな感じか。

今時じゃＳＮＳに場所を移して、『#神待ち』で検索すれば、ガチから釣りまでいくらでも引っかかるけど――この、言ってしまえばよくある非行少女の話に、なぜ『神待ち少女』なんて仰々《ぎょうぎょう》しい名前がつけられたかといえば、それは少女たちのスタンスに由来する。

人間関係と損得勘定は切っても切れないもの、それが男女関係になればなおさら。文無しの女が男相手に宿を得ようとするなら、当然払うべき対価はその若い体になる。

だけど『神待ち少女』たちは、その対価を払おうとしなかった。食い逃げ的な意味ではなく、最初から「泊めて、食べさせて、でもお礼はしません」と、身勝手な要求を当たり前のように求めたのだ。

利害抜きに自分を助けてくれる男たちを、少女たちは『神』と崇《あが》めた。だからこそ、その『神』の降臨を待ちわびる彼女たちは『神待ち少女』と、そう名付けられたわけだ。

無償で少女たちの願いを叶《かな》える、そんな都合《つごう》の良い『神』が実在したのかと言えば――実在した。

けどそれは、少女たちの幼稚《ようち》な信仰心につけ込む形で生まれた、偽りの神でしかなかった。少女たちを自宅に招き入れた『神』のほとんどが、なんらかの形で対価を求めたという。

もちろん、性的な意味で。

当然の話だ。なにかを得ようとするなら、それと同価値のなにかを支払う必要がある。親でもない、親戚ですらない赤の他人に、無償の施《ほどこ》しを求める方がどうかしている。

ましてや相手は家出少女が集まるサイトをチェックするような輩《やから》なのだ、善人であるはずがない。

なんのことはない、寝床や食事をエサに女を釣って、宿賃として体を要求する、いわゆる『泊め男』――それが『神』の正体だった。

少し考えればわかりそうなものなのに、少女たちはどうして自ら蜘蛛《くも》の巣にかかりにいくような愚を犯したのか。それぞれに事情があって一概には言い切れないけど、そこには強い「主人公願望」があったんじゃないかと、私なりに思っている。

自分は特別なんだと、自分こそが人生という物語の主役なんだと、そう思い込んでいる人間は決して少なくない。現実が見えていない子供ならなおさら。

白馬の王子様なんて言い方は使い古されているけど、自分が無条件に報われる都合の良い物語の相手役を、少女たちは『神』に見出《みいだ》したのかもしれない。

なんにしても、バカな話だ。

優しくて、清廉潔白《せいれんけっぱく》で、自分だけを特別扱いしてくれる、そんな物語の登場人物みたいな男、現実にいるわけないのに。

リアルな男はどいつもこいつも醜い欲望にまみれている。それに、穴があったら入れるのが雄《おす》の本能。むしろその方がいたって自然で健康的だとも思う。

ひとつ屋根の下、体を持て余した男女が寝食を共にすれば、繋《つな》がり合うのは明々白々。欲深い『神』じゃなくたって、なんなら性に消極的な草食系男子でも、据《す》え膳《ぜん》として供されたら肉だって食うはず。

——それなのに……それなのに！

……広巳さんとの生活が始まってはや一週間が経過した。

なんだかんだ言ったところで、一緒に暮らしていれば男女の関係になるだろうと高を括《くく》っていたけれど、この一週間でそうなる気配は少しもなく、私としては肩《かた》すかしもいいところだった。

構ってくれないのが不満、という言い方だと、まるで彼氏にすげなく扱われて寂《さび》しがる女のようで少し語弊《ごへい》がある。

だって私は、広巳さんに対して特別恋愛感情を抱いているわけじゃないのだ。

そもそも広巳さんのところに転がり込んだのだって成り行きからで、意図的に狙《ねら》ったわけじゃない。

達也《たつや》の家を出た後、ひとまずネカフェなりカラオケなりで夜を明かそうと思っていたのに、ＡＴＭでお金を下ろそうと立ち寄ったコンビニでおかしなヤツに絡《から》まれ、そうこうしているうちに広巳さんが現れて、そのまま流れで泊めてもらっただけだ。

どうして普段利用しない、広巳さんの勤め先のコンビニまで足を伸ばしたかと聞かれれば

——それは、ただの気まぐれとしか説明しようがない。

もしかしたら予約をブッチしたのは急な仕事が入ったからで、お店にいけば会えるかもと、そう考えたのは事実だけど、会ってどうするかまでは具体的に考えていなかった。

……とにかく！　私は広巳さんに恋をしているわけじゃないし、好き者のビッチというわけでもない。

だから、体の関係なんてなければないで、別に困りはしないのだ。

けど、家賃を払っていないどころか、むしろ食費としていくらかもらってしまっている状況で、営みがないことに釈然としない気持ちは残る。

私に『神待ち少女』みたいな主人公願望は希薄だ。欲しいのは都合の良い空想ではなく、地に足のついた生活。そのために対価が必要なら、いくらでも、なんでも、差し出す覚悟はできている。

だというのになにもないんじゃ、せっかく固めた覚悟も不完全燃焼ですっきりしない。

この曖昧《あいまい》な関係に納得を与えるためにも、一線を越えることは絶対に必要だと思う。でなきゃ他ならぬ私自身が安心できない。欲しいものが無償で手に入る環境なんて、非現実的でいっそ不気味だから。

向こうから来ないなら——こちらから攻め込むまで。

ヤラぬなら、ヤラしてみせようホトトギス。……いや、このパターンだとヤッてしまおうの方だろうか。どっちでもいいけど、とにかく。

手つかずの据え膳を無理矢理にでも咀嚼《そしゃく》させるべく、私は作戦の発動を決心した。


「ひーっひっひ！　あっはっはっは！」

リビングに響く笑い声に、私は少し意表を突かれた気分だった。

笑い上戸《じょうご》、というやつだろうか。良い感じにできあがった広巳さんは、これまで見たこともないほど上機嫌《じょうきげん》な様子で、テレビに映るバラエティ番組を見て爆笑している。

クールとまではいかなくても、基本的に落ち着いた印象だっただけに、これは意外な一面だ。今日に至るまでの一週間、私がいる手前か飲酒を控えていたようだし、色々と溜まっていたのかもしれない。

よしよし、ここまでは作戦通りだ――私は内心でほくそ笑《え》みながら、グラスに注いだ無糖の炭酸水を口に含んだ。

私が立てた作戦はいたってシンプル。ずばり――「酔った勢いでイクとこまでイッちまえ！」。

アルコールの力は恐ろしい。飲みの席でセクハラが多発するように、あるいは性犯罪の多くに飲酒が絡むように、理性のタガは酩酊《めいてい》によって簡単に緩んでしまうもの。

加えて『秘密兵器』も用意してあることだし、これはもう、勝ち確と思っていいだろう。

「……テレビって面白《おもしろ》いんだなぁ」

トロンとした日つきの広巳さんが、だしぬけにそんなことを呟《つぶや》いた。

「なんですか急に」

「いや……テレビなんてここ最近、点《つ》けてすらいなかったからさ。改めて見てみると、面白いもんだなぁと」

そう言うと、広巳さんは「へへへ」と顔を綻《ほころ》ばせてみせた。……年齢不相応な子供っぽい仕草が、ちょっと可愛《かわい》い。

「……広巳さんって普段、家だとなにしてるんですか？」

作戦とは関係ないけど、単純に興味を引かれたので質問してみた。

すると広巳さんは、砂肝《すなぎも》の黒胡椒《こしょう》炒めをつつきながら、いつもよりもだいぶふわふわした口調で答えてみせる。

「家？　んぁー、そうだなぁ……酒飲んで動画見て寝てるかな」

「そ、そっか……」

思っていた以上の枯れた生活ぶりに、呆《あき》れと同情が相半ばする。

「ゲームは？　ゲーマーなんでしょ？」

「ゲームかぁ、ゲームねぇ……やらないこともないけど、やっぱ時間がないからさ。オープンワールドの洋ゲーとか、ついつい買っちゃうけど、結局途中で投げ出しちまうんだよなぁ」

「ふぅん」

「ネトゲとかも、昔はよくやってたもんだけど、最近じゃ周りについていけなくてモチベがね……」

どこか遠くを見つめながらハイボールを傾け、「バタリアで虎《とら》を狩っていた時代が懐かしいぜ……」と、しみじみこぼす広巳さん。ちょっとなにを言っているのかわからない。

「あの頃《ころ》は俺も若かった。赤サポモで魔法拳とかな。はっはっは、笑えるだろ？」

「……あぁはいそーですね」

たぶんだけどこれ、世代差からくるギャップじゃないやつだ。ものすごくマイナーなネタの気配がする。

「良い時代だったぜ……へっへっへっ――ぶっ⁉」

「あーあーあー、なにやってるんですか」

笑いながら飲むもんだから盛大にこぼしてしまっている。私はすぐにティッシュを用意して、強引な手つきで広巳さんの口を拭《ぬぐ》った。

「へへ、すまんすまん」

されるがままの広巳さんは、依然としてニコニコ顔を絶やさない。素面《しらふ》のときとのギャップに、なんだか母性本能をくすぐられてしまう。

「ちっと飲み過ぎたか……やっぱツマミが美味《うま》いと酒が進むな」

広巳さんはそう言いながら、再び砂肝に箸《はし》を伸ばす。酔わせるためお酒に合いそうなオカズばかり作ってみたけど、どうやら功を奏したらしい。

「砂肝好きなんですか？」

「うん。好き」

「………」

「ポテサラもうんめぇ～！」

なんかこういうゆるキャラいそうだなぁと、砂肝に続けてポテサラを口いっぱいに頬張《ほおば》り、もっちゃもっちゃ咀嚼する広巳さんを見ていたら思った。

やがて深夜バラエティもエンディングを迎え、食事もあらかた片付いた頃、私は作戦を新たな局面へと進めるべく行動を起こすことにした。

「そろそろお風呂《ふろ》入ります？」

いつもなら帰宅直後にお風呂を済ます広巳さんだったけど、今夜は湯船にお湯を張るのを忘れてしまったため後回しにしてもらっていた。もちろん、これも作戦のうちだ。

「そうだな……あー、でも……めんどくせ……朝入ればいいか……」

「ダメですよ～。客商売なんだから、ちゃんと清潔にしないと！　着替えとバスタオル用意してくんで、サクッと入ってきてください」

「うーい……」

気のない返事を残して、広巳さんは覚束《おぼつか》ない足取りで風呂場へと向かっていった。

あぶないあぶない、せっかくの作戦が台無しになるところだった。

別にお風呂場じゃなくても作戦は発動できるけど、やっぱりシチュエーションは大事だし、なにより踏ん切りをつけさせるためにも逃げ場はない方がいい。

「よし……いきますかっ」

必要な準備を済ませて、私は決戦の場へと向かった。

磨《す》りガラス越しに見えるシルエットに了解も取らず、脱衣所とバスルームを隔てる扉を開け放ち、違法店を摘発する警察さながらズカズカと踏み込んでいく。

「――あ？」

「どーもー♪」

広巳さんの怪訝《けげん》な赤ら顔と、私の軽薄な笑顔が、相対する。

「――な、ん――おぁん⁉」

お椀《わん》？　胸への感想かな？

残像が出そうな勢いで首を回し、慌てて視線を外した広巳さんだったけど、その網膜《もうまく》にはしっかりと肌色が焼きついたはずだ。

ちょ〜っとだけ肉付きのいい、男受け良好のプチましゅまろボディ。盛大に露出した肌に張りつくのは申し訳程度の布きれで、正直裸と大差ない。

「へへ、どう？　似合う？」

私が身に纏《まと》っているのは、局部だけを最低限に隠したマイクロビキニだった。極《きわ》めてヒモに近い形状のこれをもって「身に纏う」という表現を用いるのは、いささか無理があるかもしれないけれど。

しかし……人生初の着用になるけど、これは、なんというか……やたらと羞恥心《しゅうちしん》をかき立てられてしまう。裸の方がまだマシかもしれない。

「おま、ちょ、なんだ！　出てけって！」

声高な叫び声が浴室に反響するも、股間《こかん》を両手で隠したへっぴり腰な姿じゃ説得力の欠片《かけら》もない。

私は縮こまる背中に回ると、タイルに膝立ちになり、そっと両手を添えた。

「んぅ⁉　お前っ、ほんとっ、なんだ⁉」

「まぁまぁ、聞いてくださいよ」

ポンポンと、あやすように背中を優しく叩きながら、私は事前に用意しておいたシナリオを展開していく。

「サク女の仲間で派遣型と掛け持ちでやってる子がいるんですけどぉ、その子から一緒に

派遣で働かないかって誘われてるんですよね～」

「あぁ⁉」

「派遣の方が実入りはいいんですけどぉ？　やっぱりサービスが過激になるから、ちゃんとやれるのかなぁって悩んでて。——聞いた話だと、ビキニに『お着替え』してからの『アロママッサージ』ってオプが人気らしくて。それでちょっと、広巳さんに練習相手になってもらおうかな～と」

一から十まで作り話なわけじゃない。掛け持ちでやっている子は実在するし、誘われたのも事実だ。ただ、今のところ派遣で働く気はないので、悩んでいるという部分については嘘《うそ》をつかせてもらった。

ストーリー仕立てにしたのは、直接迫るより段階を踏んだ方が、広巳さんもハードルを越えやすいと思ったからだ。まずは一人で気持ち良くなってもらい、そこを取っかかりにして関係を深めていく、そういう狙いというわけ。

「アロマオイルまでは用意できなかったけど、ボディソープでもそれらしくはなりますよね？」

「いやいやいや意味不メェーッ⁉」

泡立てたボディソープを手に背中を撫《な》でると、広巳さんの声が裏返って半になった。

期待以上のリアクションに嗜虐心《しぎゃくしん》がくすぐられてしょうがない。楽しくなってきた！

「……なんなんだよ……」

どうやら広巳さんも観念した様子だ。裸の状態じゃろくに抵抗もできないだろうし、やっぱり逃げ道を塞《ふさ》いでおいてよかった。

「ふふ♪　どうですかぁ？　気持ちイイですかぁ？」

すっかりその気になった私は、ボディソープをさらに追加して、広巳さんの肩から腰にかけてを入念にマッサージしていく。自前で持ち込んだボタニカルソープは潤いたっぷりで泡切れも良く、まるでローションを使っているような感覚だった。

「いいからさっさと終わらせてくれ……」

ぬるぬるの暴力の前に屈し、蹂躙《じゅうりん》される女騎士のように降伏する広巳さん。こういうのを「くっころ」って言うのかな？

マウントを取れたのはいいけど、ちょっと物足りない気もする。もう少し抵抗してくれた方がイジメ甲斐《がい》があるのにと、我ながら痴女《ちじょ》っぽいことを考えてしまう。

「……えいっ」

不意打ちで抱きついてみた。

「ッ！」

予想されていたか、反応が薄い。

それならと、体をスポンジに見立てて上下にスリスリ。摩擦でビキニがズレてしまいそうになるけど、そうなったところで大差なしと、なおもスリスリ。

「……いい加減にしないと怒るぞ」

「あははっ、ごめんごめん」

流石《さすが》にあからさますぎて逆効果だったかな。

上下運動はやめるも、抱きついた姿勢はそのままで、私はつと語りかける。

「……ねぇ、もし本当に私が派遣で働き出して、広巳さん以外のお客さんにこういうサービスしだしたら、広巳さんはどう思う？」

「どう思うって……」

しばしの黙考の後、広巳さんは躊躇《ためら》いがちに答えた。

「……嫌……だな」

「嫌なんだ。どうして？」

「……どうしてもこうしても、知り合いがこういう……なんだ……いかにもな仕事してたら、普通は嫌だろ……」

「その嫌って、嫌悪《りんお》の嫌？」

「違う、そうじゃなくて……同情……でもなくて……なんというか………悲しい」

——悲しい……か。

どういうロジックを経《へ》てその結論に至ったかはわからない。そもそも広巳さんの人となりについてもまだまだ不明なところばかりだ。

だから本来はこんなこと言えた立場じゃないんだけど。それでもあえて言わせてもらえるなら。

私が体を売ることを悲しいと言ってくれたその言葉は、とても広巳さんらしい、温かな言葉だと思えた。

それが嬉《うれ》しくもあり――煩《わずら》わしくもある。

いつ冷めるともしれない温《ぬく》もりなら、いっそのこと初めからない方がいい。

不安と隣り合わせの期待なんて、生きるのにただ邪魔なだけだから。

「なぁ、もういいだろ」

げんなりした気分を言葉ににじませる広巳さん。けど、こんな中途半端《ちゅうとはんぱ》なところで切り上げるわけにもいかない。私は勝負を仕掛けることにした。

「広巳さんは優しいね～」

甘ったるい声でおためごかしを言いつつ、ぬるぬるの手を無骨な腕に這《は》わしていく。

「そんな優しいあなたには、特別サービスを施して進ぜよ～！」

「おいっ――」

こちらの狙いを察したか、広巳さんの声が動揺に震える。

これこれ、この反応だよと、内心の葛藤《かっとう》を興奮で上書きしながら、私は頑《かたく》なに閉ざされた扉の取っ手を——股間を隠す手を摑《つか》んだ。

そして、

耳元に口を寄せ、鼓膜《こまく》を色気で溶かすつもりでささやく。

「手、どけなよ」

「——裏オプしてあげる」

与えられるだけの立場に安住なんてできない。プラマイゼロで均《なら》された地平にこそ、私は根を下ろしたかった。

「裏っ……バカなこと言うな！」

「へへ～、観念しろ～♪」

ぬめりを利用して手を滑り込ませる。使い古された毛筆に似た感触を指先に得たところで、しかし侵入は押し止められた。

「……大丈夫だから……」

私の手を押さえつけながら、広巳さんは絞り出すように言う。

「こんなことしなくても、追い出したりなんかしないから、だから……無理するな……」

「は？」

無理？

無理なんてしてない、的外れな憶測もいいとこだ。

私はただ、分相応に役目を果たそうとしただけ。なのにそれを否定されたら——お前は役立たずだって、そう言われているようなものじゃないか。

余計な気遣いなんていらない。優しくしてくれるならその分だけ見返りを求めてほしい。通貨として使われない優しさなんて、どう受け取ればいいのか私にはわかんないよ。

「……萎《な》えるわー」

無造作に両手を引き抜いて、私は立ち上がった。

風呂桶《ふろおけ》で湯船をすくって、まとわりつく泡を洗い流す。それでも気持ちだけはサッパリしなくて、ついつい意趣返しめいた悪態が口をついてしまう。

「ヘタレは右手とよろしくやってればいいですよ」

脱衣所に戻って着替えを済ますまでの間、呼び止める声も、反論のひとつすら聞こえてこなかった。

「——ねぇし！」

自室としてあてがわれた和室に戻った私は、枕《まくら》代わりに使っているクッションに、苛立《いらだ》ちを込めて拳《こぶし》を突き込んだ。

プリントされたキャラクターの顔がぐにゃりと歪《ゆが》む。一人暮らしの男の家にはおよそ似つかわしくないファンシーなキャラ物のクッションは、在庫処分のために自腹で買い取った、売れ残りのスピードくじの景品らしい。

「……ありえないでしょ……」

煮え切らない気持ちが独り言に変わる。「バカじゃん！」「ヘタレ！」――そのたびに叩《たた》き込《こ》まれる打撃に、なんの罪もないキャラが悲鳴の代わりに埃《ほこり》を立てた。

「……はぁ」

一通り不満を吐き出すと、私は畳《たたみ》の上に身を投げ出し、なにくれとなく天井《てんじょう》を見つめた。

ほんと、なにやってんだろ。卑猥《ひわい》な水着を用意してまで色仕掛けを敢行して、あげく盛大に失敗するとか。ラブコメマンガのテコ入れ回かよと、いまさらだけど後悔でいっぱいだ。

けど悪いのは私だけじゃない。むしろ広巳さんのガードの堅さこそが一番の原因とも言える。

普通、酔っ払っているときにここまでされたら、過ちのひとつやふたつ、犯して然《しか》るべきじゃないだろうか。

妻子を持つ既婚者ならいざしらず、自由を許された独身の身なのだから、なおさらそう思える。

見返りを求めず、ただ施すだけ。その心理が少しも理解できない。男女関係はボランティアじゃないんだ、そこに奉仕の精神が入り込む余地なんてあるわけない。

まさか本当に、本物の『神』とでもいうのだろうか。……そんなの、信じ難い以前にバカバカしくて笑ってしまう。

「……神様があんなお腹《なか》ぷにぷにのわけないじゃん」

お風呂場で絡み合ったとき、手に触れた広巳さんのお腹は、見た目以上に柔らかかった。あれで神様だと言い張るなら、きっと七福神のどれかに違いない。

「ぶふっ」

試しに脳内でそれらしい服を着させて、鯛《たい》やらひょうたんやらを脇に抱えさせてみたら、思いのほか似合っていて思わず吹き出してしまった。

「はぁー……なんかもう、バカらし……」

リフレのときから抱いてきた疑いがいよいよ深まる一方で、ここまでして手応えがないことにいっそ吹っ切れた思いもある。裏があるにせよないにせよ、もらえるものはもらっておけばいいと、シンプルに考えられそうな気もしてきた。

クッションに顎を乗せて、部屋の中に視線を巡らせる。持ち込んだ荷物と最低限の寝具だけが置かれた六畳間《ろくじょうま》に生活感は希薄で、空白ばかりが目立ってしまっている。

思えば、自分専用の部屋を与えられたのは、これが人生で初めてだった。昔からずっと欲しかった環境ではあるけど、広巳さんの無害ぶりにかかずらうあまりに、これまで気を向ける余裕がなかった。

騒音もない、ヤニ臭くもない、自分だけの空間。できれば洋間がよかったなんて言ったら、贅沢《ぜいたく》言うなと怒られちゃうかも。

「……いいのかな」

ここにいても。空白を埋めても。

追い出したりしないと、そう告げてくれた言葉を信じてもいいのかな。

「………いっか」

胸にあったやるせなさは、いつしか消化されて体外に放出されていた。わだかまっていた不信感を、半分ほど道連れにして。


冷蔵と冷凍の違いを正しく説明できるだろうか。

なんとなく使い分けていても、正確な定義を把握している人は案外少ないかもしれない。両者の違いは温度にあって、冷蔵の場合は主に〇～一〇度、冷凍の場合はマイナス一八度以下が定番となっている。

要は冷やすか凍らすかの違いなのだが、初バイトの高校生なんかだとこのあたりの区別があやふやで、冷蔵商品を冷凍してしまったり、あるいは冷凍商品を冷蔵スペースに並べてしまったりと、温度にまつわる失敗は割と多い。

物によっては再冷凍してリカバリーできるが、ロックアイスのような形状含めて売り物にしている商品だとどうしようもなく、その場合は潔く諦《あきら》めるしかない。

今回のケースが、まさにそれだった。

「七千八百円になります」

高ぇ！　思わず口走りそうになる感想をぐっと飲み込み、俺は明滅するＩＣリーダーにスマホをかざした。

ピロピロと電子音が鳴り、決済が完了する。そして排出されたレシートと一緒にもらったのは、「ありがとうございます」の一言ではなく、恐縮しきった謝罪の言葉だった。

「ごめんなさい……」

居心地《いごこち》悪そうに頭《こうべ》を垂れる杉浦《すぎうら》さん。その手が袋詰めしていく商品は、一度溶けてしまったため売り物にならなくなったソフトクリーム、計二十六個。

「あの、やっぱり私、買い取ります」

なぜ杉浦さんがこんな申し出をしてくるのかと言えば、彼女こそアイスを溶かしてしまった張本人だからだった。

もちろん故意じゃなく、不慮《ふりょ》の事故。

夏場になるとバカみたいに売れる冷凍のペットボトル飲料。まだ五月の半ばではあるけど、日中は三十度を超える真夏日もあり、例年より早めに取り揃《とそろ》えてみたわけだが。

これらの商品は、まずは一度冷蔵庫で予冷し、その後に冷凍庫で凍結させるという手順を取らなければいけない。

しかし杉浦さんは、これを直接冷凍庫に入れてしまったのだ。

するとどうなったか。百本近い常温のペットボトルをいきなりぶち込まれた冷凍庫は、みるみる庫内温度を奪われ、異常を検知して機能停止。気付いたときにはもう手遅れで、一緒に保存してあったソフトクリームが被害を被ってしまったと、そういうわけだ。

「いやいや、いいよ。気にしないで」

「でも……せめて半分だけでも……」

「本当に大丈夫だって。アイス大好きおじさんの俺にとっちゃ、これぐらいの量、三日でペロリよ」

冗談めかして言ってみせると、杉浦さんの表情も幾分か和《やわ》らいだ。

「ま、たまにはこういうこともあるさ」言いながらレジ袋を受け取り、「それじゃ、あとお願いね。お疲れ様」

「はい、お疲れ様です。——あの、店長」

「ん？」

「今日は、どなたかと飲みにいかれるんですか？」

「へっ？」

流れに沿わない質問に、ついつい声を裏返らせてしまった。

「いや、そんな予定ないけど……なんで？」

「い、いえっ。飲みにいかれる日はお酒を買って帰らないので、今日もそうなのかな、と……」

指摘されて、なるほどと得心する。確かに俺が帰りがけにビールを買わない日は、外に飲みに出掛ける日ぐらいなものだ。

「あぁ……今日は、ほら、休肝日ってやつ。最近飲み過ぎでさ、健康診断で尿酸値《にょうさんち》がやばいことになってたんだよね。それでちょっとは控えようかなと」

尿酸値のやばさは事実だが、本音《ほんね》を語れば、昨夜は酒が絡んで一悶着《ひともんちゃく》あったので、せめて昨日の今日くらいは控えようと思っただけだ。

「そ、そうですか。すみません、プライベートなことを尋ねてしまって」

ズレてもいない——少なくとも俺にはそう見える——眼鏡《めがね》の位置をしきりに直しながら、杉浦さんが矢継《やつ》ぎ早《ばや》に続ける。

「実は最近、従業員の間で噂《うわさ》になっていて」

「噂？」

「はい。……その、店長に、彼女ができたんじゃないかって……」

「……はっは、なんだそれ」

思い当たる節があるだけに内心ギクッとしたが、なんとか堪《こら》えて平静を装《よそお》う。

「ここのところ、いつも買って帰っていたお弁当も買っていかれないし、誰《だれ》か作ってくれる人ができたんじゃないか～って」

「買う物までチェックされてるのか……」

大方、ゴシップ好きで嫉妬《しっと》深い篠田《しのだ》あたりが噂の出所だろう。

「あ～……最近、自炊しててさ。それで弁当買ってないだけだって」

嘘じゃない。明莉がリフレの仕事で帰りが遅くなるときは、俺が一度家に戻って炊飯器のボタンを押しているのだ。これだって立派な自炊と言えよう。うん。

「だから彼女ができたとか、そういうわけじゃないよ」

彼女の存在なら殊更《ことさら》隠す気もないが、付き合ってもいないのに一緒に暮らしている明莉の存在は、人に知られたら大いなる誤解を受けること請け合いだ。隠しておいて損はない。

「そ、そうなんですね」

「ですです」

「――――……――――……」

すごいこの子、沈黙で疑いを表現してる。

なおも物言いたげな杉浦さんに、俺は別れの挨拶《あいさつ》としての会釈《えしゃく》をひとつ、逃げるように店を後にした。

「……女の子は難しい」

篠田にしろ杉浦さんにしろ、それぞれに扱いづらい部分があってどうにも難儀させてくれる。

女性従業員の扱いほど難しいものはない。勤めて三年そこそこの若輩店長だが、そこだけは唯一断言できた。

……まぁ、最も度《ど》し難《がた》いのはこいつなのだが。

「おかえり～」

玄関の扉を開けると、廊下の奥からスリッパをパタパタ鳴らしながら明莉が出迎えにやってきた。

「……あぁ」

「おかえり」と言われたら「ただいま」と返すのが礼儀だとわかっていても、俺の口から出る返事は素っ気ない。部屋を間借りさせてやっているだけの相手に出迎えられる筋はないと、つまらない意地を張ってしまっていた。

「わ、大荷物。なんですかそれ？」

答える代わりにレジ袋を渡すと、中身を覗き込んだ明莉が目を見張った。

「なにこの大量のアイス！　ぜ～んぶ同じやつだし！」

「溶けて売り物にならなくなったから買い取ったんだよ」

「……うわ、ほんとだ」ひとつを手に取って眺《なが》めながら、明莉が言う。「このアイス、形がモコモコしてて映えるから、よくデコったやつがＳＮＳに上げられてますよね。でもこれじゃ……台無しだなぁ」

「食べる分には支障ないだろ？　好きに食っていいから」

「やった！　……でもちょっと食べにくそう……あ、そうだ！　アレにしよう！」

なにか企《くわだ》てながら廊下を戻っていく明莉の足取りは軽い。普段通りなその様子に、俺はこっそりと胸を撫で下ろした。

昨夜の風呂場凸事件には流石に面食らい、今後どう接していけばいいか頭を悩ませていたが——一夜明けてすっかり平常運転に戻っているところを見ると、そこまで深刻に考える必要もなかったのかもしれない。

おそらく昨夜の一件は、色気もへったくれもない関係に不安を募らせた末の強行だったんだろうが、未遂に終わって懲りた可能性もある。

なんにしても、今後の生活を考えたら一言ビシッと言い含めておくべきだろう。今回は幸いにして何事もなかったが、俺だって男だ、直接的に誘われたらどうしても生理的に反応してしまう。昨日だって、うん、まぁ、ね。

さてどのタイミングで切り出したものかと、いつも以上にリラックスした様子の明莉に気勢をそがれながら迎えた、食後のひととき。俺は意を決して口を開いた。

「なぁ、昨日の——」

ことなんだけど、と続くはずだった言葉は、しかし中途で途切れてしまう。

「はい、デザート」

そう言って明莉がテーブルに並べた皿に、俺の興味と視線は奪われてしまった。

アイスクリームだ。溶けて型崩れしたアイスをコーンごと粉砕して混ぜ込み、皿に移して盛りつけたようだが、なにやら得体《えたい》のしれない黄金色のソースがかけられている。

なんだこれはと怪訝に見つめていると、斜向《はすむ》かいに腰を下ろした明莉が言った。

「ゴマ油だよ」

「ゴマ油ぁ？」

たまらず素《す》っ頓狂《とんきょう》な声を出してしまった。バニラアイスにゴマ油……想像すらできない組み合わせだ。

「やったことない？　意外と合うんですよ、これ」

明莉はそう言うと、自分の分を頬張って「うまー！」と相好《そうこう》を崩した。

確かにゴマを使ったアイスは存在するけど、油となるとどうなんだ。恐る恐るスプーンですくって一口食べてみると――

「おぉ……！」

普通に美味かった。

「ゴマ油の香ばしさがバニラアイスのシンプルな甘さと程良くマッチすることでコクを増している！」

「出たなレビュアー」

笑い混じりに「キモ～い」と蔑《さげす》まされながらも、反論することなく夢中でアイスを口に運ぶ。いかにも私がアイス大好きおじさんです。

「そうだ広巳さん。ちょっとこっち来て」

アイスを食べ終えたタイミングで、なにやら明莉に手招かれた。どうやら自分の部屋まで俺を招きたいようだが――昨日の今日だけに、こちらとしても警戒は否《いな》めない。

「な、なんだよ……？」

「いーからいーから。襖《ふすま》、開けてみて？」

またぞろハニートラップかと、内心ビクビクしながら引き手に手をかける。そうしてゆっくり襖を開け、開けた視界の先にあったのは――カラフルな色の世界だった。

カーペットに、テーブル、ビーズクッションと、家具類はどれも寒色系のペールカラーで纏められており、部屋主のイメージにピタリと一致する。アロマでも焚《た》いているのか、柑橘《かんきつ》類を思わせる甘く爽《さわ》やかな匂《にお》いが部屋を満たしていて、呼吸をするたびに馥郁《ふくいく》たる香りが鼻をかすめた。

一週間前までは完全に空《あ》き部屋だったはずなのに、埃っぽい和室から一転、すっかり女の子の部屋といった趣《おもむき》だ。

なるほど、これをお披露目《ひろめ》したかったわけか。

「いつのまに模様替えしたんだ……全然気付かなかった」

「へへ。昼間のうちにね。車持ってる友達に手伝ってもらって、色々買ってきたんですよ。どう？　だいぶそれっぽくなったでしょ？」

自慢げに言うと、明莉はカーペットに女の子座りし、楕円《だえん》形のテーブルに肘を乗せた。

「自分の部屋もらったの、初めてなんです。それでテンション上がって、ついつい無駄遣《むだ》いしちゃいました」

表情を緩めながら、日向《ひなた》ぼっこする猫みたいにグッと体を伸ばす明莉。リラックスしきったその様子を見ていると、なんだかこっちまで穏やかな気持ちになってくる。

「でもやっぱり和室はガーリーじゃなーい！　広巳さん、部屋交換してよ！」

「ダメに決まってんだろ」

「Ｂｏｏ～～！」

それからしばらく、愚痴《ぐち》も交えた明莉の部屋自慢トークに付き合わされることになった。

――これでいい。こういう時間が流れることを、俺は一番に望んでいる。

自分の立場に後ろめたさを感じる必要なんてない。どうせいつか去ることになる仮宿なのだから、気兼ねなんてせず自由に振る舞えばそれでいいのだ。

俺のことなんてせいぜい、ＲＰＧに出てくる「旅人を無料で休ませてくれる人の良い村長」ぐらいに考えておくのがちょうど良い。

都合の良い相手に身を切り売りする必要なんてない。この家で過ごす時間は明莉にとって、物理的にも精神的にも溜めを作るための中盤であるべきだ。

ひとしきり話し終えると、俺は先ほど断たれてしまった話題を再度切り出すことにした。

「なぁ、昨日の――」

「あ、それでねっ」

だが、またしてもさえぎられてしまう。自分もつくづく間の悪い奴だと諦めて、明莉の話に耳を傾《かたむ》ける。

「通販でベッド買いたいんですけど、いいですか？　できるだけ軽いの選んで、畳に跡残さないよう気を付けるんで」

「あぁ、いいよ。好きにしな」

「やった！　自分専用のベッド、ずっと憧《あこが》れだったんですよ！　へへっ」

屈託《くったく》のない笑顔が微笑《ほほえ》ましい。釣られて緩んだ自分の頰《ほお》を見られたくなくて、俺は部屋を見回す振りをして顔を背《そむ》けた。

「ベッド以外にも、これからガンガン物、増やしていくんで！　覚悟しといてくださいよ～」

「なんの覚悟だよ」

「男に二言はないぞってことです。『追い出したりなんかしない』って言ったの、広巳さんだからね？」

「っ――」

突然の言及に強烈な恥ずかしさがこみ上げる。確かに言うには言ったが、テンパっていたし酔ってもいたしで、多少台詞《せりふ》がクサくなってもしょうがないじゃないか。

というか、そこに触れてくるということは、明莉の中で俺の発言は信用に値するものとして響いたと、そう受け取っていいのか。だとしたらもう、わざわざ注意する必要もないのだが。

「……わかってるよ」

「ふふ。広巳さんって、酔っ払うとカッコ良くなるんですねぇ？」

イジる気満々のわざとらしい調子で、明莉が昨夜の俺を真似《まね》てみせる。

「こんなことしなくても、追い出したりなんかしないから……キリッ」

「やめろ……」

「だから……無理するな……キリッ」

「やーめろって！」

大人になってまで黒歴史を更新してしまう羽目になるとは思ってもいなかった……。

これから先、少なくとも明莉が側にいるときは過度な飲酒を控えようと、俺は固く心に決めたのだった。

五章　すれ違い

episode 05

一週間そこそこしか経《た》っていないのに、かつての住まいの散らかりようといったら、それはもう酷《ひど》い状態だった。

食器類はシンクに突っ込まれたまま放置され、ゴミは分別も適当にポリバケツからあふれかえらんばかりの有り様。

テーブルに堆《うずたか》く積まれたマンガ本は今にも崩れてきそうな気配で、灰皿代わりに使っているタンブラーがすぐ近くに置かれているのを見ると、どうにも嫌な予感がしてならない。

思わず片付けたい欲求に駆られるも、下手《したて》に出ていると思われるのも癪《しゃく》なので、見て見ぬ振りして自分の用事——置きっぱなしにしていた荷物の回収に集中する。

「お前、今どこで暮らしてんの？」

別れたのに「お前」呼ばわりが頭に来る。ベッドに腰かけタバコをくゆらせる達也《たつや》を鋭く一瞥《いちべつ》し、私は苛立《いらだ》ちもありありと吐き捨てた。

「どこでもいいでしょ」

「コワッ。心配してやっただけなのに。いくとこないなら戻ってきてもいいんだぜ？」

白々しいことをのたまうバカを無視して、私は作業に専念する。いまさらどんな言葉をかけられたところで、復縁《ふくえん》なんてありえない話だった。

そうしてあらかた荷物をキャリーバッグに詰め終え、すっかりヤニ臭くなってしまった部屋から一秒でも早く立ち去ろうとするが――そこに待ったがかかる。

「待てよ」

「なに」

「出てくのは別に構わねぇけど、支払いはどうすんだよ」

「は？　支払い？」

「すっとぼけんな。車のローン、一緒に払うって約束しただろ」

「……はぁ？」

その約束は、確かにした。

同棲《どうせい》を始めて間もない頃、二人で返済していく約束でローンを組み、車を一台購入したのだ。

しかし。しかし、しかし、だ。

「……あのさ、もう終わったわけじゃん？　私たち。他人なわけじゃん」

「だからって踏み倒すとかありえねーから。約束ぐらい守れよ」

……ちょっともう、この人がなにを言っているのか理解できない。

苦笑いが浮かびそうになる表情を引き締めて、私は努めて冷静に言った。

「あんたの名義でしょ？　それで支払って私になんの得があるわけ？　なに、シェアでもするつもり？」

「ハッ。どうやって車を半分にするんだよ」

ロボットじゃあるまいし。と、人をバカにしたように言う達也。

もう……ほんとッ……バカすぎてッ……言葉が出てこないッ……。

「お前が車欲しいっつーから買ったんだぞ。責任持てよ」

「……確かに言ったけどさ」

そのときはちょうど免許を取ったばかりで、自由に運転できる車がどうしても欲しかったのだ。

けど、私にだって言い分はある。

「私、あんなゴツい車いらなかったんだけど。もっと普通の、中古の軽とかでよかったわけ。なのにあんたが勝手に選んだわけでしょ？　あの無駄《むだ》に燃費の悪くてバカ高い車を。だったら、責任持つならむしろ自分の方じゃん？」

「ハマーだぞ、バカにすんなや」

オマエをバカにしてんだよーッ！

と、いっそのこと叫べたら、どれだけ胸がすくだろう。

「つーか、なんでもいいっつったのお前じゃん」

「運転できればなんでもいいってね！　贅沢《ぜいたく》は言わないって意味！　なのに、なんであんな二百万以上もする高級車を買ってくるわけ⁉　普通そこは妥協《だきょう》するとこでしょ！」

ダメだ、話が通じなくてイライラが止められない。

「とにかく、私にはもう関係ないことだから。プロゲーマーになるんでしょ？　賞金がっぽがっぽ稼いでそれで払えばいいじゃん」

がんばってくださいさよーならー。そう言い残して立ち去ろうとするが、

「待てや」

腕を強引に握られて、力づくで足止めされてしまった。

生理的な嫌悪《けんお》感を伴う、肌に食い込む無骨な指の感触に、私は身をよじって抵抗する。

「やめてよ！」

「お前さぁ、調子乗りすぎじゃね？　今まで住まわせてやった恩もあるだろうが。仇《あだ》で返すつもりか？」

「はぁぁ？」

なにが恩だ。その分だけ奪っていったくせに。

「約束ぐらい守れや。人として当然の義務だろ」

「…………」

『約束』とか、『恩』とか、『義務』とか、『人として』とか。

そういう字面《じづら》だけ綺麗《きれい》な言葉をいくら並べたところで、あんたが本当に訴えたいのは、つまりこういうことでしょ？

『自分だけ損をするのは許せない』


「……どんだけ器小さいんだよ……」

「あ？　なんつった？」

「離せっつったの！」

空《あ》いている方の手で軽く突き飛ばすと、達也は簡単によろめいてその場に尻餅《しりもち》をついた。男のくせに貧弱すぎる。ろくに働きもせずゲームとタバコに興じてばかりいるからだ。

「てめぇ……なにしやがる！　――待て！」

待てと言われて待つバカなんていない。

私はキャリーバッグを引っつかんで玄関を飛び出す。しかし、階段でもたもたしているうちに追いつかれてしまい、再びもみ合いに発展してしまった。

「触んないで！」

「落ち着けって！　とにかく部屋に戻――」

ここまで散々すれ違っておきながら、どうして悪い部分だけは重なってしまうんだろう。

周囲の目を気にして達也が視線を逸《そ》らすのと、拘束から逃れるべく私が力いっぱい腕を振り回したタイミングが見事に一致した結果、合気道の技でもかけられたみたいに、達也の体が宙を舞った。

アクション映画のワンシーンみたいに階段の中程から転がり落ちていく人間の体。

「――あ」

と呟《つぶや》いた頃には、ぐったりとした達也の姿がアスファルトの上に横たわっていた。

「う、ぐ、ぐ……」

そこまで高いところから落ちたわけじゃないけど、すぐに立ち上がれないところを見るに、どこか痛めてしまったのかもしれない。

これをチャンスとうなだれる頭をぴょこんと踏んづけ、すたこら逃げ出していける強《したた》かさがあれば、私の人生ももう少し難易度が下がるのかもしれないけど。

「――ちょっと大丈夫⁉」

捨てきれない情けが困難を招くのなら、私を苦しめるのは、誰《だれ》でもない私自身かもしれない。

情けは人の為《ため》ならず――この言葉が、誤用ではなく本来の意味として使用される日は、果たしてやってくるのだろうか。

とても期待はできなかった。

女三人寄れば姦《かしま》しいとは言ったものだが、二人だけでも十分すぎるほどやかましい。酒が入ると余計にだ。

「ほんとは彼女できたんですよね～？　隠さないで教えてくださいよぉ～！」

飲み会帰りに立ち寄った自分の店の前、犬走りに設置された車止めガードポールをベンチ代わりにしてくだを巻くのは、普段より気合いの入ったメイクで飾った篠田《しのだ》だ。

今夜だけで何度目になるかわからない尋問《じんもん》にほとほと呆《あき》れながらも、俺《おれ》は律儀に返答する。

「だから彼女なんていないっての……」

「やだぁ～！　店長に彼女できたとかショック～！　泣いちゃう～！」

質問するくせに耳を貸さないってどんだけ自由なんだこいつ。

「……そもそも俺に彼女ができようができまいが、そんなのどうだっていいじゃねえか……」

「どうだって！　よくない！　です！　そうだよね、杉浦《すぎうら》さん！」

「そうです！」

篠田から求められた同意に、飲み会のもう一人の参加者である杉浦さんが激しく頷《うなず》いてみせた。

「よくない！　とてもよくないです！　情報の開示を求めます！」

酔っ払っていても相変わらずお固い言い回しなのが、杉浦さんらしくてちょっと笑える。

「どうなんですか⁉　ちゃんと答えてください！　店長にはその義務があります！」

不倫した芸能人に詰め寄るレポーターさながらの鋭い追及だったが、何度聞かれても答えは同じだ。

「だから女なんていないってば……」

「じゃあ男ですか⁉」

一瞬どういうことかわからなかったが、杉浦さんの意外な「趣味」を思い出し、すぐにその意味を理解する。

「彼氏ですか⁉　やっぱりそうだったんですね！」

「杉浦さん、待て。いったん落ち着こう」

「店長はどっちなんです⁉　左⁉　それとも右⁉」

「やめるんだ、ナマモノでのかけ算は危険だっ」

「私的に店長は絶対誘い受けだと思いますキャハー！」

「しらねぇよ！」

このメガネっ娘《こ》、普段は委員長キャラしてるくせに、酒が入ると途端に限界突破するから困る。

荒ぶる杉浦さんにも参ったものだが、これで日頃《ひごろ》の鬱憤《うっぷん》を発散できているのなら万々歳だ。

そもそも月一で開催しているこの飲み会は、女性には本来不向きな夜勤で責任者まで務めている杉浦さんのメンタルケアを主な目的にしていたので、本人が満足できているのならそれに越したことはない。

「……はっ⁉　そうか、それでこの前、帰り際《ぎわ》にワセリンを……！」

……越したことはないけども。けどもだぜ、杉浦さん……。

案外、俺に彼女ができたという噂《うわさ》の出所は、想像力たくましいこの子なのかもしれない。

ちなみに、ワセリンはレジ仕事で荒れがちな指先に塗っているだけなので、どうか誤解なきよう。

「はいはいお二人さん、お迎えが来ましたよ」

そんなくだらないやり取りをしているうちに、女性陣のため手配したタクシーが駐車場に入ってきた。

「さぁどうぞ」

ドアの傍《かたわ》らに立ってわざわざエスコートしてやっても、仲良し姉妹《しまい》のように睦《むつ》まじく腕を組み合っている両名の腰はなかなか動かない。

「もう家までいって確かめちゃおっか⁉」

「それは名案ですねぇ！」

こいつら……普段はそこそこ険悪なくせに、こういうときだけ息合わせやがって……！

「ったくもう……」

こうなるといよいよ看過できない。彼女はいなくても、それ以上に知られたらまずい人物が、我が家には絶賛滞在中なのだ。

しかたない、あの手を使うか……。

「乗らないならタクシー代もいらないよなぁ？」

財布から取り出した実弾をちらつかせてやると、

「わぁい！　パパありがとぉ～！」

秒で飛びついてきた。……しかし篠田からパパ扱いされても全然ドキドキしないな……。

「ありがとうございます、パパ♪」

……杉浦さんの場合は現実味がありすぎて、これはこれで複雑な心境だった。

「じゃ、また来月に」

「ごちそうさまで～す！」

「ごちそうさまでした！」

騒がしい二人を乗せたタクシーが夜の住宅街に消えていく。それを見送ってから、俺はようやっと訪れた静寂に深々と息をついた。

苦痛というわけじゃないが、女性二人を相手取っての飲みは少々堪《こた》えるものがある。あらぬ嫌疑で追及されながらではなおさらだ。

まぁ完全に潔癖《けっぺき》というわけでもないので、声高に否定もできないのだが……。

しかし、半ば自分で蒔《ま》いた種とはいえ、どうにも面倒な事情を抱え込んでしまったものだ。

これから約一年間、こんなふうに秘密を守りながら生活していかなければならないことを思うと、気が滅入《めい》るところもあるが――ただ、後悔してばかりというわけでもない。

むしろ良かったと、そう思っている部分もある。

なにせ明莉《あかり》が家に住み着いてから、俺の生活環境は随分《ずいぶん》と改善したのだ。

家に帰ったら風呂《ふろ》の準備がされているとか、毎日洗濯済みの服が着られるとか、凝った物じゃなくても手料理が食卓に並ぶとか――本人は当然の義務みたいにこなしているけれど、一人暮らしの男にとってこれほど助かることはない。

感謝していると、そう表現して差し支えないくらいだ。

それぐらい大げさに考えてしまうほど、「当たり前」であることが、自分の中で新鮮に感じられていた。

決してこれまでの生活に不満があったわけじゃない。だが、それでも今を満ち足りていると感じてしまうのは、一人は気楽で良いと納得させていた自分の心の中にも、どこか欠けていた部分があったと、きっとそういうことなんだろう。

「……帰るか」

飲み干したミネラルウォーターの容器をゴミ箱に捨ててから、俺は歩いて三十秒の短い家路についた。

スマホの画面で確かめると、時刻は既に深夜の一時過ぎ。同居人が寝ている可能性を考えて、極力物音を立てないよう慎重にドアを開けるが、どうやら杞憂《きゆう》だったようだ。

廊下の向こうに見えるリビングは明るく、微《かす》かにテレビの音も聞こえてくる。

まだ起きている様子だ。あるいは、俺が帰るまで待ってくれていたか。

だとしたら悪いことをしてしまった。一言詫《わ》びておこうとリビングに向かうが——そこに明莉の姿はなく、コマーシャルの音だけが無駄に垂れ流されているだけだった。

じゃあ部屋かと思い覗《のぞ》くも、もぬけの殻。トイレにも、風呂場にも、念のため確かめた俺の部屋にも、どこにもいない。

……出掛けているのか。

別に門限を設けているわけでもないし、保護者面して夜間の行動を咎《とが》める気もないが、なんの連絡もなしに姿を消されると心配にはなってくる。

「テレビぐらい消してけよな」

不平を呟きながらリモコンのスイッチを押す。雑音の消えたリビングに、夜の静寂が支配を強めた。

「…………」

明莉がいない。それだけなのに、この家の中は随分と静かだ。

そのためか、何度も越えてきたはずの一人の夜が少しだけ、ほんの少しだけ物悲しく感じられて、気が付くと俺はスマホを握りしめていた。

——一応、連絡しておくか。

それぐらいの干渉なら許されるだろうと、電源をオンにしたところで、ゴンッと、なにかを叩《たた》くような低い音がひとつ、家の中に響いた。

クリアな聞こえ方からして外からのものではない。方向的に発生源はキッチンだろうか。料理好きな明莉のおかげでキッチン回りもだいぶ賑《にぎ》やかになっていた。もしかしたら鍋《なべ》かなにかが棚から落ちたのかもしれない。

音の出所を確かめにいくと——

「——うお！」

無人だと思われたセミオープンキッチンの中には、しかし人影があった。床にへたり込み、俯《うつむ》いた顔を無造作に垂らした髪で覆《おお》い隠している。

「……明莉？」

それは間違いなく、部屋着姿の明莉だったのだが……どうにも様子がおかしい。

コンロ下の収納棚に額をひっつけたまま、ピクリとも動こうとしない。その姿勢を見るに、さっきの物音はもしかしたら、戸に頭突きをかまして生まれたものかもしれなかった。

「なにしてるんだ、こんなところで」

寝落ちにしてはダイナミックすぎる。言い知れぬ悪寒《おかん》のようなものを感じて、俺はすぐに駆け寄って肩《かた》をゆすった。

「……おか、えり」

のっそりと面を上げて、いつもと同じ言葉を口にする明莉。しかしその声にはハリがなく、普段の溌剌《はつらつ》としたそれとは全くの別物だ。

声だけじゃない。目は開くのがやっとという感じですがめられ、唇《くちびる》は青ざめて小刻みに震えている。どこからどう見ても様子がおかしかった。

「どうした？　真《ま》っ青《さお》じゃないか……」

とっさに手を差し伸べると、手首のあたりをギュッと摑《つか》み返された。必死に縋《すが》りついてくるその手の、まるで氷のような冷たさに、ふと蘇《よみがえ》る記憶がある。

杉浦さんがまだバイトの時代に、ストレスと不安から度々過呼吸を起こしていたのだが、そのときの症状にそっくりなのだ。

「過呼吸か？」

聞くと、首を小さく上下させながら明莉は言った。

「だい、じょぶ……も、だいぶ、おさまって、きた……」

途切れ途切れに言葉を発する姿はあまりに弱々しく、端から見たら強がり以外のなにものにも見えないが、喋《しゃべ》れるということはそれだけ落ち着いてきている証拠だろう。

だとしたら、ことさら慌てて対処してやる必要もない。こういうときは周りが慌てると余計に状態を悪化させてしまうものらしい。初めて杉浦さんの発作《ほっさ》に立ち会ったとき、なにもできなかった非力さを悔いて、少しだが勉強しておいたのだ。

「そうか。……しかし汗がすごいな。ちょっと拭《ふ》くか」

タオルを取りにいくため腰を浮かしかけるが、弱々しくも必死にしがみついてくる白い指の、無言の圧力に動きを制されてしまう。

しかたなく、この場で最も代用品として適したもの——上着の袖《そで》を使って汗を拭《ぬぐ》ってやる。ついでに少し垂れていた鼻水も拭いてやった。

「ごめん……汚して……」

「いいさ。どうせ洗うのは俺じゃないし」

「……うん……」

会話はできても、反論するほどの元気はないらしい。

「他になにか、してほしいことあるか？」

「……手が……手が冷たい」

そう言うと、明莉は俺の腕に食い込ませていた指を解き、なにかを求めるように手の平を差し出してきた。

舌足らずな要求から汲《く》み取り、その手を握り返してやると、深く長い吐息が声帯を震わすことなく吐き出される。安堵《あんど》の息と、そう受け取ってよさそうだ。

「……手、荒れてますね」

「レジ仕事してるとどうしてもな。働き者のきれいな手だろ？」

「……それ、知ってる……金曜ロードショーのやつ」

そうだけどそうじゃない。

そのまましばらく、他愛《たあい》もない会話を続けながら、俺たちは温度を分け合った。


明莉の様子もだいぶ落ち着いてきたようなので、頃合《ころあ》いを見て場を移すことにした。

「ありがと、広巳《ひろみ》さん」

自分の部屋の中、カーペットの上で女の子座りになった明莉は、クッションをギュッと胸に抱きかかえながらそう言った。

表情にも生気が戻っているので、強がりで言っているわけじゃなさそうだが……さて、ここからどうするべきか。

躊躇《ちゅうちょ》しているうちに、明莉の方から話を切り出してくれた。

「メンタルの調子が悪いと、たまにこうなっちゃうんですよね。病気とかじゃないから、心配しないで」

反論を拒むかのように、明莉は矢継《やつ》ぎ早《ばや》に言葉を連ねる。

「ていうか広巳さん、妙に落ち着いててそれにビックリしましたよ」

「あぁ……従業員の女の子で過呼吸持ちの子がいて、それでちょっとな」

「わざわざ勉強したの？　優し～」

「ネットでかじった程度だよ……」

「ふふ。良い店長さんだね？」

楽しそうに笑う明莉は、もういつも通りの様子に見えるが……だからってこのまま終わりにしていいものだろうか。

出しゃばりたくはないが、放っておくのもそれはそれで気が咎める。遠慮と責任感を天秤《てんびん》にかけた結果、後者に軍配が上がった。

「ごめん、俺のせいか」

「え、なんで広巳さんが謝るの？」

「いや……帰り遅くなっちまったし、そのせいで不安にさせてしまったのかと……」

「…………ぷっ」

たっぷりと沈黙の助走をつけてから、明莉は腹を抱えて笑い出した。

「くふふ、あははっ！　なにそれやだぁ！　そこまで依存してないってば～、もぉ～、笑わせないでくださいよ～」

「っ……人の心配を笑うんじゃねえ」

「ふふ、めっちゃ彼氏面するじゃん？」

「違うっつの……」

頬《ほお》に感じる熱を仏頂面で誤魔化《ごまか》しながら、俺は口早に言ってみせる。

「一人でいるのに耐えられない子っているだろ。それで心配になっただけだ」

「あはは、大丈夫ですよ。そこまで病《や》んじゃいませんから。ただ――」

微笑《ほほえ》みに憂いを覗かせながら、明莉は躊躇《ためら》いがちに吐露《とろ》する。

「ちょっとは考えたかな。広巳さんは今頃《いまごろ》、女と楽しく飲んでる最中なんだろうなぁ～、とか」

「女……」

事実ではあるが、異議ありだ。

「あのな、説明しただろ？　今日は従業員との飲み会だって。だいたい社員の子の慰労《いろう》が目的だし、そんな色気のあるもんじゃねえよ」

「社員の子って、深夜に働いてるメガネの人ですか？」

「そうだよ」

「ふぅん？」

なんとも物言いたげなジト目が突き刺さる。

「……なんだよ」

「あの人、地味っぽく見えるけど、ちゃんと化粧《けしょう》したら絶対美人ですよね」

「……だからなんだよ」

「おっぱい大きいし」

「だからなんだって！」

「別にぃ？　いいんじゃないですかぁ？」

含みのある言い方に、思わず「そっちこそ彼女面してるじゃないか」という反論が出かかるが、自分にもダメージが跳ね返ってきそうなので自重《じちょう》しておく。

「……なんだ、それだとやっぱり俺のせいじゃないか」

「違いますってば。……実は、ちょっとトラブっちゃって。それで少し、考えすぎたのかも」

「トラブった？　なんかあったのか？」

尋ねるも、明莉からの返事はやってこない。クッションに顔を半ば埋めたまま、言《い》い淀《よど》んでいる様がうかがえる。

「言えよ」

「…………くだらない話なんですけど」

強気な口調が功を奏したか、明莉の重い口が開かれる。

「昼間、元彼の家にいったんです。置きっぱなしの荷物があったから、それを取りに。そしたら――」

――事のあらましを聞き終えた頃、俺はたまらず溜《た》め息《いき》をもらしてしまった。

「絵に描いたような痴話喧嘩《ちわげんか》だな……」

「あはは。ほんと、くだらないですよね～……」

「それで？　元彼君は今どうしてるんだ？」

「自宅療養中。手首の靭帯《じんたい》損傷で全治三週間らしいです」

要は捻挫《ねんざ》か。本人には悪いが、別段深刻になるような怪我《けが》じゃない。

「ま、自業自得だわな。ちゃんと病院まで付き添ってやったんだろ？　だったらお前が気に病む必要なんてないさ」

「気に病んでなんかないですよ。ただ……」

「ただ？」

「怪我のせいでバイトをクビにされたとか、ゲームの大事なイベントに出られなくなったとか、相当キレてる感じで。それでこっちに、責任取れって」

「責任ってなんだよ」

「さぁ？　やっぱりお金じゃないですか。意地汚い男だし。――はぁ……」

若さに見合わない重い溜め息がこぼされる。

なるほど、それで思い詰めて体調を崩してしまったというわけか。

「バカげてるな。痴話喧嘩絡みの事故で責任もなんもねえっつの。無視しとくのが吉だ」

「……でも、バックれたら先輩に頼んで詰めてやるって……」

「なーんで第三者がそこで出てくるんだよ……」

詰めるなら詰めるで自分でやればいい。トラブルにすぐ第三者の影をちらつかせるなんて、男として二流もいいとこだ。

「あいつの知り合い、ガラ悪いのばっかだし……怖い人出てきたらどうしよう……」

いつになく弱気が目立つ明莉。困り果てたその表情に、この子がまだ十代の女の子であることを改めて気付かされる。

「…………」

目の前にいる少女への庇護《ひご》欲と、顔も知らない元彼君への嫌悪感。

それらをない交ぜにした結果、俺の中でひとつの気持ちが生まれた。

「連絡先教えろよ」

「え？」

「元彼君の連絡先。俺から話す」

このまま放っておいたらどうこじれるかもしれない。大人の自分が介入して話をつけてやるのが、解決法として最も確実だろう。

「いやいや。そんな、迷惑かけられないし……」

「転がり込んできておいて、いまさらだな」

「……でも、広巳さんには関係ないし……」

「関係あるだろうが」

「ないですよ。他人事《ひとごと》じゃないですかっ」

「他人事?」

その言い草には、少々カチンときてしまった。

「こんだけ近くにいて他人事なんてことがあるか」

言いながら、勢い任せに肩まで摑んでしまう。

「………なにそれ、意味わかんないし」

すねたように言うと、明莉はクッションに顔を埋めてしまった。

どういう心境なのか、「うぅ〜」と、くぐもったうめき声を上げている。

黙して待っていると、やがて顔を上げ、今にも消え入りそうなか細い声で言った。

「……ごめんなさい」

本当に、いまさらだ。

一夜明けた、平日の昼間。

パートさんに店を任せて仕事を抜け出した俺は、明莉が数週間前まで暮らしていた旧宅を訪ねていた。

良く言えば趣《おもむき》のある、悪く言えば古めかしい、木造二階建てのアパート。周囲に似たような建物は多いが、まず間違いなくここで合っているだろう。

なにせ、併設された駐車場にいかにもな目印が駐《と》まっているのだから。

ハマーH2――アメリカ生まれのSUVだ。

軍用車をルーツにしているだけあって、その外観はとても厳《いか》めしい。ゴッゴツとしたこのミリタリー感に魅入られ、生産が終了した今もなお愛好しているファンは多いと聞く。

元彼君――永井《ながい》君だったか。きっと彼もその口なんだろう。

男のロマンとして、気持ちはわからなくもないが……正直な感想を言わせてもらえれば、「不相応」の一言に尽きる。

中古でも二百万を楽に越えてくるアメリカンSUVが、雑草が目立つ砂利《じゃり》敷きの駐車場に駐められているのだ。いくら見た目に威圧感があっても、これでは所有者の見栄《みえ》が際立《きわだ》つばかりになってしまっている。

「若気の至りってやつかね……」

頭から否定する気はない。他人様《ひとさま》の趣味にケチをつけられるほど、俺もご立派な人生を送ってきたわけじゃないから。

ただ、そのせいで迷惑を被る人間がいることについては、全く別の話だ。

きっちりばっちり、話をつけさせてもらうとしよう。

「ごめんくださーい」

ブザーを押し、ドアをノックし、声までかけて、やっとこさ扉が開かれる。

「……なに？」

初めて見る永井君は、なるほど確かにイケメンだった。メンズ系のファッション雑誌で見かけてもなんら違和感ないルックスだ。――ぐちゃぐちゃの髪と、くたびれたスウェットをどうにかすればの話だが。

しかし……この胡乱《うろん》げな視線と、酒臭い息。どうやら昼間から引っかけているみたいだ。

これから話し合いをするというのに、勘弁してほしい。

「こんにちは、昨日電話させてもらった堂本《どうもと》です」

「……あぁ」

「手の具合はどう？　全治三週間だっけ、災難だったね」

まずは身を案じるところから。これ、クレーム処理の鉄則である。

「……で、なんの用？」

「うん。電話で少し話させてもらったけど、今回の一件を丸く収めたくてね。部外者が出しゃばって悪いけど、話し合いに応じてもらえないかな?」

ちなみに俺の立場は、明莉の新しい彼氏ということにしてある。話をスムーズに進めるための配慮だ。

「どこか喫茶店《きっさてん》でも入ろうか。もちろん、払いはこっちで持つよ」

「………」

無言のまま家の中に戻っていく永井君。出掛ける準備を始めた――わけではなく、すぐに玄関先まで帰ってきた。

「めんどい。ここでいい」

そう吐き捨てて、持ってきたタバコに火を点《つ》ける。

なるほど、そういうスタンスか。別に構いやしないけど。

「……単刀直入に言うけど、今回の一件で、誰が悪いとかないと思うんだ」

「あぁ?　これ見ろや。どう考えてもこっちが被害者だろ」

噛《か》みつくように言いながら、永井君が包帯で固定された右手を掲《かか》げてみせる。俺はすぐに反論した。

「もみ合った末の事故って聞いたよ。それも君から先に手を出したらしいね」

「手なんか出してねーわ!　ちょっと腕握っただけだっつの!　むしろあいつの方がぶっ叩

いてきたから！」

「女の子からしたら、男に腕握られるだけでも相当怖いと思うけど」

「なんだ⁉　オレが悪いっつーのか⁉」

酔いがそうさせるのか、それとも元から沸点が低いのか、永井君が目をむいて声を荒らげる。

「こっちはな！　あいつのせいでバイト切られて！　トライアウトにも出られなくなって！

もうめちゃくちゃなんだよ！　責任取って当然だろ！」

「……同情はするよ。でも、その責任って具体的にはどういう意味なの？」

「責任は、責任だろうが！　慰謝料とか、そういうんだよ！」

「それで？　責任を取らなかったら、先輩にチクって詰めるって？」

「おぉ、マジこえー人だから。ヤクザにスカウトされたこともあるぐらいだぜ？　へ、へへっ」

ただでさえ胡散臭《うさんくさ》い他人の武勇伝なのにドヤる永井君。虎《とら》の威を借るなんとやらだ。

「……あのさ。君、それだと恐喝《きょうかつ》になっちゃうけど、いいの？」

至極《しごく》真っ当な指摘に、しかし怒れる青年は耳を貸さない。

「うるせぇわ！　悪いのはあいつだ！　あいつ、あのビッチ！　人の恩を仇で返しやがって！」

永井君の言葉に耳を傾けながら、心底思う。――明莉がこの場にいなくて、本当に良かったと。

「教えてやるよ！　あいつ風俗で働いてっから！　キモい客相手に体売って稼いでる、股の緩《ゆる》い女だよ！　あ～あ！　いいよな女は！　楽に稼げて！　羨《うらや》ましいわほんと！」

「…………」

「世の中を、男をナメてんだよ、ああいうのは！　だからッ、いっぺん痛い目見させなきゃならねえ！　どうせ貯《た》め込んでんだ！　金、汚え金ッ！」

「……言い過ぎだろ、いくらなんでも」

「うるせぇ！　本当のこと言ってなにが悪ぃんだよ！」

「……小物クセえ言い分だな――」

思わず呟いてしまった本音《ほんね》。しまった、と思ったときにはもう手遅れだった。

「あぁ⁉　テメェ、今なんつった⁉」

吸いさしのタバコを乱暴に投げ捨てた手が、その勢いのまま襟元《えりもと》に摑みかかってくる。

たまらず一歩退いてしまうが、腹の底にぐっと力を込めて、それ以上の後退はなんとか食い止めた。

「誰が小物だって⁉　っざけてんじゃねえぞッ！」

猛犬のように吠《ほ》え立て、敵意を露《あら》わにする永井君。それに釣られて俺の心中にも、途端に原始的な衝動が首をもたげる。

——いっそのこと暴力でわからせてやろうか。

そんな考えが一瞬本気で脳裏《のうり》をよぎるものの、もちろん実行には移さない。

不良漫画《まんが》じゃあるまいし、腕っ節に物を言わせたところで、事態はより泥沼化していくだけだ。

「……悪かった、謝るよ」

口先だけの謝罪をしながら、俺は改めて永井君を観察する。

まともに風呂すら入っていないのか、頭髪は油でギトギト。もちろん体も清潔とはほど遠く、そこに酒臭さとヤニ臭さが混じり合ったものだから、体臭がすさまじいことになってしまっている。

片付けもままならないようで、頭越しにうかがえる部屋の中は酷い有り様だ。特にテーブルの上は物であふれていて、食い終わった弁当の容器やら飲みさしのウイスキーの瓶《びん》やらが散乱していた。

「…………」

彼は——永井君は、言葉を選ばずに言えば、クズ野郎だ。

見栄っ張りで、プライドが高く、さらに恩着せがましくて、被害者意識が強い。

付け加えれば女性蔑視《べっし》も甚《はなは》だしい。絵に描いたようなクズ男だと言い切れる。

それでも、彼には彼なりの、クズにはクズなりの生きづらさがあって、それがこの、目も当てられない現状を形作っているんだろう。

彼の人間性を肯定する気はない。痛い目を見るべきなのは、むしろ彼の方だと思う。

――それでも、俺は知っているから。

「底」を持たない人間が一人では立ち上がれないことを、誰かに寄りかかることしかできないことを、痛いほど知っているから。

だから、いつも損な役回りばかり選んでしまうんだ。

「――なぁ、車のローンってあといくら残ってるんだ?」

「あぁ⁉ んだよッ!」

「知りたいんだ、教えてくれないか」

「百九十万くれえだよ! それがなんだ!」

「そっか。まだまだあるね」

「そうだよ! つーか、一緒に払ってくって話だったから買ったんだよ! じゃなきゃオレだって、わざわざローンなんて組まなかったんだ! だからあいつにも責任が――」

「立て替えるよ」

その一言に、奮《ふる》っていた永井君の口舌がぴたりと止《や》んだ。

「折半《せっぱん》の約束だったんだろ? じゃあ、あの子が払うはずだった残りの九十五万――切りよく百万でいいか。俺が代わりに払う」

「……は？」

「それで手打ちにしてくれないか。このままゴチャゴチャ言い争ってても面倒なだけだろ、お互いに」

「……し、信じられるか、そんな虫の良い話！」

「嘘《うそ》じゃない」

先ほど下げてしまった一歩分だけ、すっと距離を詰める。

そうして、見下すでも、媚《こ》びるでもなく、相手の目を真っ正面から見据えながら、俺は言う。

「フカしてるように見えるか？」

「…………」

「なんならいますぐ現金で用意したっていい。どうする？」

「…………」

心情を代弁するように揺れる視線。

やがて足下で燻《くすぶ》っていたタバコが寿命を迎える頃、喉元《のどもと》を圧迫していた力がふっと離れていった。

決まり手、札束《さつたば》ビンタ。

ピンチを切り抜ける手段としてはいささか不格好だったが、ヒーローを気取る気もないので、まぁ良しとしよう。

申し訳なさもあったけど、それ以上に嬉《うれ》しかった。

「他人事なんかじゃない」って、そう言ってもらえただけで、冷たかった指先に温《ぬく》もりが戻った。

一方的に与えられる立場には、相変わらず戸惑《とまど》いを感じている。それでも助けられた事実に変わりはないんだから、そこはきちんと感謝を伝えなくちゃとも思う。

昨日は「ごめんなさい」としか言えなかったけど、今度はちゃんと「ありがとう」を言うんだ。

そんな私の気構えは、しかし広巳さんから聞かされた事の顛末《てんまつ》によって、白紙に戻る結果となってしまった。

——代わりに払った？　百万円も？　それも返さなくてもいいって、どういうこと？

当然の疑問に、広巳さんは——事前に理論武装していたんだろう——こう訳を説明した。

「知ってるか？　家事って労働に換算すると年収三百万超えるらしいぜ。これから約一年間、お前に家事を任せるわけだから、これはその報酬を先払いしたようなもんだ。むしろ三分の一なら全然お得じゃん？　破格破格！」


そう言いながらおどけて笑ってみせる広巳さんだったけど、私は全然笑えなかった。

理屈なんてひとつも通ってない。強引なこじつけにもほどがある。

――どうして？　どうしてなの？

まただ。また「どうして」が、発作《ほっさ》みたいにぶり返す。

どうして。どうして私なんかに、そこまでしてくれるの。

家族でもない、恋人でもない、無理矢理転がり込んできた木《こ》っ端《ぱ》居候《いそうろう》相手に、どうしてそこまでしてくれるの。

まさか本当に――『神』になろうとしている？　世間知らずな少女たちが思い描いた夢想のような存在に、なろうとしている？

……バカバカしい。

神様なんて、私は信じないし、そもそも必要としていない。

私が欲しいのは、目に見えない不確かな善意なんかじゃなく、わかりやすい形での納得なんだ。

だから、見返りを求めてほしい。

代償を、人柱を、受け入れてほしい。

私にはなんだって捧《ささ》げる準備はできてる。だから。

得体《えたい》の知れない温情なんかじゃなく、明確な勘定で、私と関係してほしい。

……そうじゃないと、安心なんかできっこないよ。


最初は、夢かと思った。

ベッドの上で女に跨《また》がられる、男の妄想を絵に描いたようないやらしい夢。

既視感のある妖《あや》しい微笑みを湛《たた》えた女が、こちらの服をたくし上げて、敏感な部分を指先で攻め立ててくる。

VRのポルノ動画みたいだなぁ、と他人事のように思ったのも束《つか》の間、あまりにリアルな感触と、それに伴う官能的な刺激に、これが仮想現実などではないことを直感で悟る。

「――っ⁉」

微睡《まどろ》みから一気に覚醒《かくせい》した俺は、反射的に女の手を振り払って、そのまま腕で体をかき抱いた。

「なんっ――⁉」

醜態《しゅうたい》を晒《さら》す俺を見下ろし、女は――素肌にパーカー一枚を羽織《はお》っただけの明莉は、面白《おもしろ》

がるように愉悦《ゆえつ》の笑みを深めた。

「ふふ、なにそのポーズ。女の子みたーい」

からかわれたところで、今の俺に恥ずかしがる余裕なんてない。できるのはせいぜい、状況を確かめるために問いを向けることぐらいだ。

「お前っ、なにやってんだ……！」

「なにって、夜這《よば》いですけど？」

事も無げになされた説明は、絶句するに容易《たやす》い内容だった。

「っ……バカ、なに考えて――」

そこでふと、視線が明莉の首から下へと、磁力で引かれるみたいに吸い寄せられてしまう。

部屋の照明は落とされているものの、完全な暗闇《くらやみ》というわけでもなく、開けられたジッパーの内側――膨《ふく》らみも、突起も、全部丸見えだ。

「っ――」

意思に反して動いた視線を、意思を用いて無理矢理剝《は》がす。だが、視線を切ったことが仇となった。

「隙《すき》あり～♪」

腕の間にねじ込むように、明莉が体を寄せてきた。そうしてちょうど、こちらの心臓あたりに顎《あご》を乗せると、悪戯《いたずら》っぽい小声でささやいてくる。

「ねぇねぇ、しよっか」

「はぁ⁉」

「いいじゃん。ダメ？」

「ダメに決まってるだろ！」

「え～、なんで～」

「なんでもなにも……俺はお前と、そういう関係に――」

不意打ちでやってきた感触に、俺は言葉を失った。

「勃《た》ってんじゃん」

滑り込ませた手で俺の股間《こかん》を掴んだ明莉が、してやったりと不敵な笑みを浮かべる。

「勃つならヤレるでしょ？　それともなに、病気でも持ってるんです？」

「違っ……やめろって！」

引き離そうと肩を掴むが、タオル地を通して伝わってくる柔らかな感触に躊躇してしまい、十分な力を込めることができない。

そうやってもたもたしているうちに、明莉の攻勢はますます勢いを強めていった。

「ふふ、どこまで我慢できるかなぁ？」

片方の手で股間を弄《いじ》くりながら、もう片方の手で胸を攻め立ててくる。服越しではなく直《じか》に接触してくる分だけ、後者の方が刺激としては強い。

「うっ――」

辛抱できず漏《も》れ出た声に、明莉は手応えありと、唇に三日月を象《かたど》ってみせた。

「あ、声でちゃったね？　気持ち良かったの？　ふふ……男の人って乳首弱い人多いですよね～。普段イジらないから、それだけ敏感なのかな？」

小悪魔っぽく言葉を紡《つむ》いだ三日月は、次の瞬間には楕円《だえん》に崩れ、ぬらぬらと光る赤い塊を生むためのとば口となる。

待て、と言葉で抵抗する間もなかった。

「ん～～～」

上目遣《うわめづか》いの視線によって射竦《いすく》められた俺の上半身、その最も敏感な部分を、盛大に突き出された舌がベロリと舐《な》め上げる。

「⁉」

覚悟していた分だけ声はなんとか我慢できたものの、先ほどをはるかに上回る刺激に、頭がどうにかなりそうだった。

「んふ～♪」

ダメ押しというように押しつけられる感触は、ふわふわなのに弾力があり、湿っているのにざらざらともしている。まるでなにか別の生き物のようにのたくる舌がもたらす快楽は、言語に絶するほど強烈で、いつ理性が白旗を揚げてもおかしくない。

「いい加減にしろ……っ！」

なけなしの意思力を振り絞って、俺は全力での抵抗を試みた。

ベッドに手を突っ張って、相手の体ごと力尽くで上半身を持ち上げる。そのまま余勢を駆って膝《ひざ》を立たせるが、いつのまにか首に絡《から》みついていた両手に引き倒されて、今度は立場を逆転させる形で重なり合った。

「逆になります？　いいですよ」

突き立てた両手の間、艶然《えんぜん》と微笑む明莉の姿に、俺の目は釘付《くぎづ》けになってしまう。

シーツの上に散らばる線の細い黒髪。

組み敷かれてもなお強気を損なわない黒目がちな瞳《ひとみ》。

唾液《だえき》に濡《ぬ》れ光沢を帯びる桜色の唇。

鎖骨《さこつ》がうっすらと浮き出たデコルテライン。

ただただ、シンプルに目を奪われる。異性として、純粋に魅力的だ。

「っ――」

唾液が過剰に分泌され、うまく唾《つば》が飲み込めない。心臓は今にも破裂しそうな勢いでバクバクと拍動し、小鼻のあたりにやたらと不自然な力がこもってしまう。

興奮――欲情、していた。

「………………」

『いいじゃないか』と、心のどこかで何者かがささやく。

『誰も見ていない、誰に知られることもない、知られたところでそれがなんだ』『相手は十九歳、十分大人だぞ』『後ろめたいことなんてひとつもない、我慢なんかするなよ』

次々と並び立てられる誘惑の文言は、悪魔の甘言などではなく、俺自身が作った言い訳に他ならなかった。

「いきなり本番は抵抗あります？　だったら『プチ』で抜いてあげてもいいですよ」

言下、巣穴としての唇から、赤みがかったピンクの蛇がちろちろと顔を覗かせる。その仕草だけで『プチ』がなにを意味する隠語《いんご》なのか、なんとなく察しがついた。

胸を舐められただけでも全身に電流が流されたような刺激を受けたのだ。だとしたら、巣穴に迷い込み、命そのものを絡め取られたとき、いったいどれほどの快楽が自分を襲うのだろう。想像するだけで体が内側から震え上がるようだった。

「深く考えないで、頭空《から》っぽにして楽しみましょうよ。たかがセックスじゃないですか」

首の拘束を解いたたおやかな指が、口づけを求めるように頬を包み込んでくる。仕事で荒れがちな自分のそれとはまるで違う、瑞々《みずみず》しく滑らかな感触は、首を伝い、鎖骨のくぼみをなぞって、やがて胸板《むないた》をいじらしい手つきで愛撫《あいぶ》し始めた。

「広巳さんからも、触ってほしいなぁ～？」

猫撫《ねこな》で声《ごえ》での催促《さいそく》は、作為的だとわかっていても、耳朶《じだ》を蕩《とろ》けさせるほどに甘やかだ。

ひんやりとした指がシャツの中をまさぐるたび、触れられた箇所に神経が集中して、燃えるような発熱を錯覚させる。

そうして興奮がいや増すほど鼻息は荒くなってゆき、芳しい女の香りがより濃密に鼻腔《びこう》を満たしていった。

五感に訴えかけてくる誘惑の数々に、俺の心は千々に乱れ、纏《まと》っていた理性の鎧《よろい》から一枚、また一枚と、建前《たてまえ》が剝がれ落ちていく。

たかがセックス。その通りかもしれない。

一線を越えたところで、なにか不都合《ふつごう》なことがあるのか。単なる性行為ひとつを、大げさに考えすぎではないか。

わかっている、意地なんて張っても損するだけだと。目の前にある快楽に身を委《ゆだ》ねて、この夜を素晴らしいものにする方が、生き方としてはよほど有意義に違いない。

結局は時間の問題だったのかもしれない。どれだけ偉そうに支援者面したところで、俺も人並みに性欲を持ち合わせている男の端くれなのだ。見目麗《うるわ》しい若い女に迫られたら、気持ちが揺らぐのも当然だろう。

いっそのこと最初にされた提案を受け入れて、体だけの関係になってしまえばいい。どのみち一年後には幕引きが決定されている間柄なのだから、お互いにとって都合の良い部分だけを持ち寄った、後腐れのないひとときを存分に楽しむのが賢いやり方だ。

「…………」

踏み切る理由はいくらでも思いつけた。体だって正直なものだ。

それなのに俺は、沈黙を保つばかりで行動を起こしていくことができない。心の中で言い訳を重ねるたび、募《つの》るのは行き場のない虚《むな》しさばかりだ。

俺はいつから、ここまで我慢強い人間になってしまったのだろう。昔はもう少し、奔放《ほんぽう》な性格だったはずなのに。

自分で自分を言い負かすことができない、歯がゆいまでのこの強さを、果たして俺は誇るべきなのか。それとも、人生から楽しみを損なわせる枷《かせ》として厭《いと》うべきなのか。マルもバッもつけられない自問自答に、ただ苦悩が深まるばかりだった。

「そ〜だ！　制服に着替えてあげよっか？」

葛藤《かっとう》する俺の背を押すように、明莉がだしぬけに提案する。

「好きでしょ？　制服。男の人ってみんな、バカみたいにＪＫ大好きですもんね。広巳さんがリフレにハマってたのだって、結局はそこが理由なんじゃないですかぁ〜？」

「…………」

「どうします？　いっそのことイメプレでもしちゃいますか？　私はなんだっていいですよ。広巳さんはなんて呼ばれたい？　先生？　先輩？　それとも――」

本人としては、誘惑のつもりで口にしたんだろう。

「――お兄ちゃんがいいですか？　ふふっ」

けど結果的に、その台詞《せりふ》は俺にとって、あまりにも冷たすぎる冷や水となって浴びせられた。

「……どれも結構だ」

未練を振り払って体を起こし、ベッドの縁《ふち》に腰かける。高ぶりを鎮めるため深々と息を吐くと、気分もいくらか落ち着いた。

「急になんなんだよ……おかしな真似《まね》はよしてくれ」

「………はぁ？　おかしいのはそっちじゃん」

さっきまでの甘えた声と同じ声帯から発せられているとは到底思えない、凄《すご》みさえ感じる低い声音《こわね》。背中越しでも、鬼気迫る雰囲気がひりひりと伝わってくる。

「なんで拒むの。私じゃダメなの」

「そういう問題じゃなくて……。言っただろ、俺はお前とそういう関係には――」

「だったらどうしてお金なんか出したのッ！」

こちらの言い分をさえぎって、明莉の怒声が夜中の部屋に鳴り響く。

「見返り求めるでしょ⁉　普通は！」

「……いや、俺は、そういうつもりじゃ――」

「そういうつもりじゃなかったらどういうつもり⁉　百万だよ⁉　なんでそんな大金、軽々しく払えるわけ⁉」

「……これでもうちの店は繁盛《はんじょう》しててな。貯金はそれなりにあるんだ」

「だからって大金には変わりないじゃん！　ほんっと意味わかんない！」

「……金で解決できることは、金で解決させときゃいいんだ」

結論として言ったつもりだったが、明莉から納得を得ることは叶《かな》わなかった。

「自分のことならね！　私だってそうしますよ！　でも他人じゃん！　身内でもない、恋人でもない、赤の他人でしょ⁉　なのに、なんでっ……信じらんないっ……」

裏返り、震える声には、深い懊悩《おうのう》がにじんでいる。その原因がどこにあるのか、見つけられないほど俺も朴念仁《ぼくねんじん》ではない。

借りを作ってしまったことに対する後ろめたさ。施《ほどこ》しを受けて、はい終わり、では済ませられない責任感。そういった感情が、こんな無茶な行動に駆り立てたんだろう。

自分が差し出せるものはこれしかないと、そう思い込んでいるのか。そうやってこれまで、世の中を渡ってきたのか。

勝手な想像だったが、一人の少女が辿《たど》ってきた道筋に思いを馳《は》せるたび、言い知れぬ悲しみが胸にこみ上げた。

「ねぇ、なんなの？　広巳さんにとって、私はどういう存在なわけ？」

「……それは……、…………」

言葉が見つけられない、わけじゃない。言葉にする勇気が、出せなかった。

口ごもる俺の背に向けて、明莉は言う。

「黙るくらいなら、最初から優しくなんてしないでよ。優しくしてくれるなら、ちゃんと見返りを求めてよ。……広巳さんがなにを考えてるのか、ちっともわからない……わからないのはヤダ……不安になるもん……」

至近から声が聞こえたかと思うと、背中にぴたりと体をあてがわれた。さっきと比べたらなんてことない接触だったが、一度気分を落ち着かせた後だけに、薄布一枚越しにやってくる感触と体温がやたらと生々しく感じられた。

「安心したいの……だからお願い。私のこと、本当に想《おも》ってくれてるなら、ちゃんと抱いて。私の生き方を、否定しないで」

今にも消え入りそうな声の儚《はかな》さと対照的に、下腹部を狙《ねら》って侵入してくる誘惑の手つきは、あまりにも妖艶《ようえん》だった。

「与えてくれるなら、その分だけ奪っていって」

じゃないとパンクしちゃうから――そう吐露する明莉の心情は、十分すぎるほど理解できた。与えられるだけの立場に安心はできない。助けられてばかりでは気が咎める。だからこそ相手の好意や善意には、相応のお返しを用意する必要がある。

だとしたら、本当に明莉の気持ちを考えるなら、俺はこの誘いを受け入れるべきなんだろうか。

こちらからは物理的な援助を、向こうからは性的な援助を互いに提供し合い、そうやって築いた貸し借りなしの関係こそを、フェアと見なすべきなんだろうか。

理屈としては、頷けなくもない。所詮《しょせん》は他人同士の俺たちにとって、それが最も正しい着地点だとも思える。

それでも俺は、その理屈をどうしても受け入れることができなかった。

「……ごめん」

言葉足らずに意を伝え、そっと手首を摑んで引きはがす。思いのほか抵抗はされず、肩すかしを食らった気分だった。

「……はぁ～……」

背後、重い溜め息に続いて、ベッドがギシッと軋《きし》みを上げた。明莉が立ち上がったのだ。

「広巳さんは、いい人ですね」

いかにも皮肉っぽい声音が、返す刀でバッサリと切り捨てる。

「でもそれ、独善。ただのオナニーだから」

――なんとなく予想していたけれど、翌朝、明莉の姿はキャリーバッグと一緒に家から消えてしまっていた。

俺は久しぶりに、朝食を食べないで家を出た。

「今日は自炊じゃないんですね」

久しぶりに選《よ》りすぐった廃棄間近の弁当と、晩酌《ばんしゃく》のビールをレジに持っていくと、杉浦さんからそんな指摘を受けた。

「え？　……あぁ、自炊はもうやめたんだ」

「そうなんですか？　残念、店長の手料理食べてみたかったのに」

「はは……まぁいずれ、機会があればね」

社交辞令だと受け取って同じように返すも、

「い、いいんですか？　約束ですよっ」

指切りでも求めてきそうな勢いの、真剣な反応をされてしまった。

働き始めて間もない頃は壁があった杉浦さんも、最近ではこの通り、すっかり打ち解けた様子だ。従業員から慕われるのは店長として冥利《みょうり》に尽きるところだが、篠田然り、如何《いかん》せん前のめりな部分があって、少々複雑な気分を禁じ得ない。

親しき仲にもなんとやら。安定した経営のためにも、できるだけ適切な距離を保っていたいところだが……人間関係とはつくづく難儀なものだ。

「じゃ、あとお願いします」

「はい、お疲れ様です」

いつも通りに挨拶《あいさつ》を交わし、いつも通りの足取りで店を出ると、外ではいつのまにか雨が降り出していた。

梅雨《つゆ》が早足でやってきたのか、結構な雨量だ。置き傘《がさ》を取りに戻ろうかと考えるも、短い距離だしまぁいいかと、そのまま雨天の下に身を晒す。

「……帰ってないか」

家までを小走りで駆け抜け、濡れそぼった姿で帰宅した俺を、出迎える「おかえり」はなかった。

合鍵《あいかぎ》を返されていないので、もしや、と思っていただけに、少し裏切られたような気分にもなる。

あいつは今、どこにいるんだろう。この雨の中で、ちゃんと身を寄せる場所はあるんだろうか。

心配する義理も権利も、俺にはなにひとつないのだが、それでも煩《わずら》いを絶やすことはできなかった。

とにもかくにも濡れた体をどうにかしようと、いったん考えを棚上げして風呂場へ向かう。いつも通りのルーティンで体を洗い流していくが――

「――うおっ⁉」

湯が張ってあるという先入観を持ったまま空の浴槽《よくそう》に足を突っ込んでしまい、危うく転ぶところだった。

凡ミスはこれだけに止まらず、着替えとバスタオルを用意することまで失念してしまった。おまけに買ってきたビールを冷蔵庫にしまわず、部屋の中に放置するという失態まで重ねてしまい、我ながら抜けすぎていて手に負えない。

気を取り直して晩酌を始めるも、常ならどんな安物さえ極上の味に変えてくれる仕事帰りの一本目が、さほど美味《おい》しく感じられない。やはりビールはキンキンに冷えていなきゃダメだなと、理由の全《すべ》てを温《ぬる》さにこじつけた。

「…………」

チャンネルを選ぶことなく、ただ点《つ》けただけのテレビ画面の中では、お笑い芸人たちが軽妙なトークでスタジオを沸かしている。自分が学生時代の頃には若手として深夜バラエティで体を張っていたというのに、随分と出世したものだ。

ここ最近テレビをよく見るようになって、その面白さを再確認していた次第《しだい》だが、今日に限ってはどうも素直に楽しめない。むしろ底抜けな歓声が耳障りに聞こえてくる。

他の番組を求めてザッピングを繰り返すも、どれもしっくりこず、結局テレビ自体を消してしまった。

そもそも、どうして俺はリビングなんかで飯を食っているんだ。部屋のPCで動画を視聴しながら晩酌を楽しむのが、ずっと続けてきた自分のスタイルだったろうに。

明莉がいたときは自然とリビングで飯を食う習慣がついてしまっていたけど、一人での暮らしに戻った今、律儀に守り続ける必要なんてない。缶の中身が空になったタイミングで、俺は場所を変えることにした。

持ち運ぶのが面倒なので、弁当はその場で一気に食べ尽くしてゴミ箱へ。そうして二本目のビールと、なにかツマミになるものを求めて冷蔵庫を開けると、俺の視線は真っ先にスケルトンブルーのタッパーを捉《とら》えた。

「お、まだ残ってたか」

タッパーの中身はポテトサラダだった。一度食べたとき大層気に入ってしまい、以来、明莉が作り置きしてくれていたものがまだ余っていたようだ。

酒のツマミとしては申し分ない。缶ビールと一緒に確保し、本来の食卓である自室のPCデスクまで運んでいく。

フライングでビールをすすりながら、PCを起動。最近お気に入りのファミリー系動画配信者のチャンネルをクリックし、適当に動画を再生する。

『あ〜もんべ〜べ〜♪』

まだ未就学児だろう、幼い男の子がでたらめに歌うヒットソングをBGMに、ポテサラへと箸《はし》を伸ばす。

「うまうま」

満足感からついつい独り言を呟いてしまう。元々ポテサラが好物ということもあるが、明莉の作るものは特に好みで、毎日でも食べたいぐらいだ。

基本のじゃがいもとマヨネーズ以外は、具材は刻んだタマネギのみ、味付けも塩コショウだけと、このシンプルさが酒飲みにはたまらない。付け合わせではなくツマミとしてのポテサラに彩《いろど》りなど不要だと、そう強く思わせてくれる。

ビールとの抜群の相性《あいしょう》に箸を動かす手が止められず、二本目を飲み干す頃には、タッパーの中身は最後の一口を残すのみとなってしまった。

「……………」

このポテサラも、これで食い納めかと思うと一抹《いちまつ》の寂寥《せきりょう》を覚えずにはいられない。たかが惣菜《そうざい》ごときに大げさかもしれないが、些細《ささい》なことでも感慨《かんがい》に耽《ふけ》ってしまうのが大人という生き物の逃れられない性《さが》なのだ。

名残《なごりお》惜しさを振り払い、最後の一口を口に運ぶ。空っぽになったタッパーに、自分でも理解し難《がた》い大きな後悔が伴った。

それからしばらく、買い置きのウイスキーでちびちびやっていたら、ふと遠くの方から音が聞こえてきた。

スマホの着信音だ。そういえばリビングに置きっぱなしだったなと腰を浮かしかけたところで、俺はひとつの可能性に思い至る。

自慢じゃないが、俺に連絡をしてくるような友人は数少ない。となると自然、電話を鳴らす相手は限られてくるわけで――

まさか、という気持ちが、たった数歩の距離を早足にさせていた。

テーブルの上に放置されていたスマホを手に取り、逸《はや》る気持ちを抑えながら画面を覗き込む。

発信元の番号を確かめたところで、俺は自らの性急《せいきゅう》ぶりを恥じることになった。

「……はい、もしもし」

『あ、お疲れ様です。杉浦です』

店の固定電話からの着信に出ると、予想通り杉浦さんの声がスピーカーから聞こえてきた。

まぁ着信履歴の九割が母親と勤め先で埋まっている俺にとって、至極当然の結果ではある。

『お休みのところすみません。ひとつ気になったことがありまして――』

またぞろトラブルかと疑ってしまったが、杉浦さんの落ち着いた声からして、どうやら緊急の用件でもないらしい。

ホッとしたのも束の間、杉浦さんからもたらされた報告に、俺は天を仰《あお》ぐこととなった。

『金庫の中に万券がたくさん残ってますけど……これってもしかして、送金用のやつだったりします？』

「………」

本部への売り上げ送金は、一日に一度、必ず行わなければいけない決まりとなっている。といっても、店内ＡＴＭを通して専用口座に預け入れするだけなので、大した手間はかからない。

かからないのだが、それ故に忘れることも稀《まれ》にあり、

「……ああ！　そうだしまった忘れてた！」

今回がまさにそのケースだった。

日付が変わる前に入金できればセーフだったが、時刻は既に〇時を回っている。完全にアウトだ。

『ごめんなさい、私がもっと早く気付けていたら……』

「いやいや、俺がポカしただけだから。杉浦さんが気に病む必要はないって」

『はい……』

「とりあえず、そのまま金庫で保管しておいてくれる？　明日処理するからさ」

『はい、わかりました』

「教えてくれてありがと。余計な仕事増やしちゃってごめんね」

『いひぇ!?　いえ！　とんでもないです！　こちらこそ夜分遅くにすみませんでした！』

噛んだのを勢いで誤魔化そうとしたか、やたらと張り切った声で言い切ると、杉浦さんは

れてしまった。

そうしてチェアを引いたところで――俺の視線は、ふとPCのディスプレイに吸い寄せら

独り言を呟いたところで気持ちは晴れない。悔しさをぐっと飲み込んで、俺は部屋へと戻る。

「くっそ……やらかした……」

電話を切った。

「………」

関連動画が自動再生されたのだろう、画面内では新しい動画が始まっていた。簡単な字幕が表示されるだけだったさっきの動画よりも、さらにシンプルなそれは、おそらくスマホのカメラで撮影したホームビデオをアップロードしただけのものと思われる。

リュックサックを背負った小さな男の子と、その子よりもさらに一回り小さい女の子が、どこかの施設へ入っていく後ろ姿を捉えた映像。男の子の方は足取りもしっかりしたものだが、女の子の方はよちよち歩きでどうにも頼りない。

案《あん》の定《じょう》、女の子は段差で躓《つまず》くと、その場にへたり込んで泣き出してしまった。

すると見かねた男の子が、泣きじゃくる女の子の背後に回り、脇《わき》を抱えて立ち上がらせる。

睦まじく手をつなぎ合わせ、再び歩き出す二人。その姿に感動したのか、撮影者――おそらく母親だろう――が、嬉しそうに一言。

『お兄ちゃん優しい～』

反射的にマウスへと手が伸びる。気付くと俺は、ブラウザごと動画を閉じていた。

「…………はぁ」

チェアに深く腰かけ、大きく息を吐き出すも、まとわりつく倦怠感《けんたいかん》を拭い去ることはできない。

調子を狂わせている原因はなんなのか。そんなもの、考えるまでもなく明白だ。

元に戻っただけなのに。店長になると同時にこの家に越してきてからの三年間、続けてきた生活が戻ってきただけ。

それなのに俺は、「戻った」とは思わずに、「失った」と感じてしまっている。

それだけ明莉と過ごした一ヶ月にも満たない期間が、自分の中で日常と化してしまっていたということか。

「…………」

ちゃんと湯船に浸《つ》かった湯上がりの爽快感。

凍る寸前まで冷やしたビールの格別な味。

凝ってはいなくても手抜きを感じさせない手料理の温かさ。

毎日洗濯されるようになった衣服からふと香る柔軟剤《じゅうなんざい》の香り。

特別なものなんてひとつもない。探せば簡単に見つけられるような、ごくありふれた日常の数々は、しかし失ってみて初めてその価値を証明する。

認めなくてはいけない。明莉の存在が、自分にとって確かな温みとなっていたことを。

本人は義務でやっていただけなのかもしれない。あるいは、家主の機嫌《きげん》を取るための打算が働いていたのかも。

だとしても俺は、それらのひとつひとつ、言ってしまえば取るに足らない出来事のひとつひとつに、どうしようもなく温められていたのだ。

それだけ俺が送ってきた生活、「これでいい」と説き伏せてきた日常は、自覚なく冷え切っていたんだろう。

先日の、常温のペットボトルをぶち込まれて誤作動を起こした冷凍庫が、奇《く》しくも自分の現状と重なってしまう。

壊されてしまった氷点下のこれまで。凍《い》てついていた諸々《もろもろ》の感情は溶け落ちて、滴《しずく》としてしたたるのは、ただひとつの濁りない気持ちだ。

「……寂《さび》しいな」

口に出してみると、そのあまりに女々しい響きに思わず苦笑いがこみ上げた。

アラサーのおっさんが感傷に向き合うには素面《しらふ》じゃ辛《つら》い。こういうときこそ、酒の力を借りるべきだろう。

贈り物として頂戴《ちょうだい》したとっておきの一品、国産ウイスキーの最高峰『響《ひびき》』の21年を引っ張り出してきて、琥珀《こはく》色の液体を目算でワンショット、グラスに注《そそ》ぐ。

もはやアルコールを超越した極上の一口には感動すら覚えるが、一瓶で白物家電相当のお値段を考えると、とてもじゃないが酔うほどの量は飲めなかった。

けど、決断の儀としてはこの上もなく十分だった。

六章 独白

episode 06

初めて裏オプに手を染めたのは、高校一年の秋だった。

高額の報酬に目が眩《くら》んだというのもあるけど、それ以上に当時の私は自暴自棄《じぼうじき》で、なにもかもどうでもいいと、ある種の自傷行為として春を売り物にしていたように思える。

手か口《プチ》で一万五千円《イチゴ》、ゴムあり本番ならその二倍、相手次第《しだい》ではもっと吹っかけることも。売春《ワリキリ》の相場としては割高だったけど、客に事欠くようなことはなかった。それだけ「現役《げんえき》ＪＫ」というブランドには価値があった。

街には私と同じような女の子がたくさんいた。みんな、家庭にも学校にも居場所がなかった。

ＪＫビジネスに関《かか》わる少女全員がそうだとは言わないけど、少なくとも一線を越えてしまうような子たちにとって、この場所だけが自分たちを受け入れてくれる唯一の居場所だった。

誰《だれ》かに必要とされたい。たとえそれが、搾取《さくしゅ》という形であっても。

買春客たちの醜い欲望も、経営者たちの見え透いた打算も、虚《むな》しさを埋めてくれるならそれでよかった。

それでも私が現実を見つめ直し、「このままじゃいけない」と思い至れたのは、自由の怖さを、その正体が究極の自己責任であることを知ったからだ。

　顔に、声に、体に、衣服に。ときには体臭や唾液《だえき》、糞尿《ふんにょう》にさえ値がつけられる世界の中で、たくさんの女の子たちが食い物にされるのを、私は目《ま》の当《あ》たりにしてきた。

　小遣《こづか》い欲しさにリフレで働いていた、有名私立に通う優等生のアリサは、ストーカー化した常連客にしつこくつきまとわれた挙げ句、夜道で襲われて乱暴された。

　家族には相談できないまま、どうせ警察は助けてくれないと泣き寝入りし、慰めを欲して苦悩を打ち明けた彼氏からも見捨てられた彼女は、すっかり男性嫌悪《ミサンドリー》をこじらせて、それ以来、捨て鉢《ばち》になって裏オプを繰り返した。

　身分証明提出《ミ》できない《テ》子上等《コ》のガールズバーで働くバンギャのエミリは、推しのメンバーが自分を含めたファンたちに枕《まくら》をかけていたことを知り、癇癪《かんしゃく》を起こしてライブハウスで刃物を振り回した。

　バンド熱が冷めた今は、ホストにハマって随分《ずいぶん》とかけを溜《た》めているらしい。「そろそろ風呂《ふろ》に沈められるかも」と、他人事《ひとごと》のように語る彼女は、どんなときでも長袖《ながそで》を着ている。

　地方から家出してきた援交デリヘル嬢のヨウコは、色恋管理されていた打ち子の男との結婚を本気で夢見て、あてがわれるままに客の相手をし続けた。

　性器がボロボロになって使い物にならなくなっても、性器用潤滑剤《ウエトラ》で無理矢理濡《ぬ》らして、局所麻酔薬《キシロカイン》で痛みを誤魔化《ごまか》して、限界を越えても体を売り続けた。

結局男は飛んで、同時にヨウコとの連絡も途絶《とだ》えたけれど、その後一度だけ、夜の街中を徘徊《はいかい》している姿を見かけたことがある。ノーメイクなのにやたら着飾った露出過多な服装と、テディベアをすし詰めにしたビニールバッグで人目を集める彼女に、私は声をかけることができなかった。

同じような境遇にいる女の子が大人たちに食《く》い潰《つぶ》されていく姿は、私に否応《いやおう》なく最悪の未来を想像させた。自分もいつか、あんなふうに壊れていってしまうんだろうか？　想像を巡らすほどに、現状への危機感は募《つの》っていった。

そうして私は、取り返しがつかなくなる前に、なんとか裏オプから足を洗うことができた。不器用だけど自分なりのやり方で、人並みの人生を取り戻そうとした。

でも結局うまくはいかず、私はＪＫビジネスの世界に舞い戻り、今もなおこの場所に醜くしがみついてしまっている。健全店だから大丈夫、なんて理屈で自分を無理矢理に納得させながら。

こんな楽観論に基づいた現状維持で、いったいこれまでにどれだけの女の子が、夜職の深淵《しんえん》へと飲み込まれていったんだろう。

私だって例外じゃない。このままずるずる働き続けて、やがて性風俗の世界に流れていく未来は、むしろ数ある可能性の中で最も現実味がある。

所詮《しょせん》、私みたいな道外れのすれっからしが息づける場所は、日陰《ひかげ》にしかないということか。

こうしてぬるま湯に浸《つ》かり続けて、じわじわと上がり続ける水温に気付かないまま、やがて茹《ゆ》で上がってしまう寓話《ぐうわ》の中のカエルが、一度踏み外した人間にはお似合いの末路なんだろうか。

——そんなの、イヤだ。


一時の過ちでなにもかも諦《あきら》めたくはない。本当はこんな場所、いたくなんてない。

だけど一人ではどこにも飛び立てないから、誰かに頼るより他はなくて。

でも報われた試しなんてないから、人を信じることができなくて。

打算とか、損得とか、そういう算盤《さんばん》で弾《はじ》けるものばかりに食指《しょくし》を動かしてしまっている。

……それなのに。

それなのに私は、帰る場所をなくしたあの夜に、わざわざ遠くのコンビニにまで足を伸ばしてしまった。

無償の善意に戸惑《とまど》って逃げ出したときも、合鍵《あいかぎ》をわざと置いていかなかった。

そうして今、広巳《ひろみ》さんから連絡がやってきたことに、私は内心で安堵《あんど》を感じ、しめしめとさえ思ってしまっている。

試すような真似《まね》して、期待しちゃって。……バカみたい、これじゃ神待ち少女と大差ないじゃないか。

でも、しょうがないよ。これぱっかりはしょうがない。

どれだけすれても、汚れても、女の子は女の子をやめることなんてできない。ヒロインを諦めることなんて、誰にだってできやしないんだ。


広巳さんからの連絡は、約一ヶ月ぶりの指名という形でやってきた。

別れも告げず飛び出した手前、VIPルームの六畳間《ろくじょうま》で二人きりという状況には、どうしたって気まずさを隠せない。

断って外で会う、という選択もあったけど、「きっと連れ戻しに来てくれたんだ」という期待と、「断ったら次はないかもしれない」という不安が、怖じ気づく私の背中を押してくれた。

律儀にもオプション付け放題を頼んでくれた広巳さんが所望したのは、相も変わらずテレビゲーム。久しぶりに私たちは、肩《かた》を並べてゲーム画面に向き合った。

JKリフレ嬢『あゆみ』として、何度も繰り返してきた遊び《プレイ》。今まで通りすぎる接待《サービス》。しかしどうにもぎこちなくなってしまうのは、九割方精神面に理由があったけど、残り一割は手元のコントローラーに見出《みいだ》せた。

漢字の「山」を逆さにしたような、不思議な形のコントローラー。広巳さんが度々話題にしていた、昔のゲーム機のものだ。

家中探しても見つからなかったからポチった――らしい。別に昔のゲームを遊びたいならダウンロード版で事足りるのに、わざわざ物好きな人だ。

あるいは、私と会うための口実を作りたかったのかも――なんて、自意識過剰に考えてみたり。

何本かソフトを用意してくれた中で、選んだソフトはいつものレースゲーム――の旧作。シリーズ二作目らしい。前時代的な3Dグラフィックにはどこか暖かみがあって、初めて遊ぶはずなのに不思議と懐かしさを感じてしまう。

頭の中の雑念と、不慣れな操作感に戸惑い、初戦は惨敗《ざんぱい》。続く二戦目、善戦するが惜敗。

そして迎えた三戦目。

「んがぁー！」

見事に勝利。広巳さんの滑稽《こっけい》な断末魔が部屋に響いた。

まだまだ操作は覚束《おぼつか》ないものだったけど、勝因を挙げるとしたら、リメイクコースの元となったステージで走り慣れていたことと、なにより広巳さんの自爆だ。際《きわ》どいコースを攻めすぎた結果、勝手にクラッシュして自分から順位を落としていた。

「こんなハズじゃ……くそ！　子供時代の感覚が全然戻ってこない！」

悔しそうに負け惜しみを言う広巳さん。いつもだったらここで、「あれれ？　口ほどにもないなぁ？　クソザコかなぁ？」ぐらいは言って茶化《ちゃか》してるとこだけど、今日の私じゃぎこちない愛想《あいそ》笑いを浮かべるだけで精一杯だ。

「ちょ、ちょ、ごめん。一人用でタイムアタックしていいか？　これは悔しい……！」

子供っぽくムキになる広巳さんに、私は「お好きにどうぞ」と告げて、コントローラーを脇《わき》に置いた。

……いったい、いつになったら本題に入ってくれるんだろう。まさか、このまま普通に遊んで帰るつもりだったり？　いやいや、流石《さすが》にそれはありえない。

非分割になって開放感を増したゲーム画面を眺《なが》める振りして、横目でちらっと隣をうかがい見るも、こちらから向ける期待の眼差《まなざ》しと、ゲームに熱中する真剣な眼差《まなざ》しが交わることはない。

「……ねぇ――」

「しっかし懐かしいなぁ」

次第に芽生える焦燥《しょうそう》感に、堪《たま》りかねて自分から切り出そうとした、その出端《でばな》。言葉を重ねるようにして広巳さんは言った。

「このゲームが発売されたときにさ、タイムトライアルチャレンジみたいなイベントがあったんだよ。今走ってるコースの公認タイム……何秒だったっけな……とにかくそれをクリアして、データをセーブしたソフトをお店に持っていくと、特典のグッズがもらえるっつう」

「そうなんだ」

「特典はふたつあってな。ひとつはクリアしたことを証明するちゃちなカードで、これはクリアすれば誰でももらえたんだけど、もうひとつの方、特別仕様のコントローラーの方は数量限定で、もらえるかどうかは抽選次第だったんだ」

　喋《しゃべ》るのに集中力を割いたせいか、操作を誤ったキャラクターが壁に擦れて大幅に減速した。広巳さんはすぐにメニュー画面を開いてリトライを選択すると、再びスタートダッシュを切ると同時、話の続きを始めた。

「なのに、近所のゲームショップでなぜかその特典のコントローラーがもらえてさ。自分とこの店でソフト買ったやつ限定で、先着一個だけ。誰が手に入れるか、友達の中で競争だったわ」

　当時のことを思い出したのか、広巳さんの口元が楽しげに綻《ほころ》ぶ。

「俺《おれ》、どうしてもそれが欲しくて。買ってすぐにこのコースだけバチクソやり込んで、初日にクリアしてやったんだよ」

「お～。すごいじゃん」

「おかげで一番乗りだったんだけど、ゲームショップのオヤジさんも、まさか初日に持ってくるやつがいるとは思ってなかったみたいで。もっと良いタイム出せたらあれも付けてやる、これも付けてやるって、なんとか追い返そうとするわけ」

「どうして？」

「それがさ、本当は特典のコントローラーなんて用意してなかったんだよ。でもそう言っておけば、幼気《いたいけ》な小学生たちは信じてお店でソフトを買うだろ？　後々クリアしたやつが出てきても、もう持っていかれたって誤魔化せばいいだけだし。でも初日じゃその言い訳も使えなくて、あの手この手で煙に巻こうとしてきたという」

「……子供相手に阿漕《あこぎ》な商売するね」

「まったくだ。――それでまぁ、俺はどうしてもすぐにコントローラーが必要だったから、オヤジさんの提案も全部断って、とっとと寄越《よこ》せと訴えたわけだ」

「でも物がなかったんでしょ？」

「うん、だから市販のやつで妥協《だきょう》した。別に限定品にこだわってたわけじゃなかったからさ。オヤジさんからしたらタダで商品一個持っていかれて、たまったもんじゃなかっただろうな」

「自業自得って感じ」

広巳さんは「違いない」と言って笑《え》みを深めると、それきり黙り込んでしまった。

ゲームに集中しだした――わけではなく。その沈黙は言葉を紡《つむ》ぎ出すための助走、つまり躊躇《ためら》いだったことを、間を置いて継がれた言葉の真剣さが証明してみせる。

「どうしても、必要だったんだ。これのコントローラーは、ひとつしか、買ってもらえなかったから、……二人じゃ、遊べなくて、……だから……」

言葉尻に向かうほど震え出す声音《こわね》。柔らかな微笑《ほほえ》みを湛《たた》えていた表情も、次第に引きつったものへと移り変わっていく。

なにか、大切な部分が晒《さら》されようとしている。私は予感し、そして同時に期待した。

弱みであれ、悩みであれ、打ち明けてくれるのならなんだって受け止めてみせる。だからその代わり、私のことも受け入れてねと――打算で満ち満ちた、計算高い期待だった。

「……だから――」

子供時代の記憶を掘り返してみると、ほとんどの場面で浮かび上がる顔と声がある。

舌足らずに名前を呼びながら、いつも影みたいにつきまとってくる、天真爛漫《てんしんらんまん》と言えば聞こえの良い、どこか間の抜けた幼い表情。

「にぃに、にぃに」

三つ下の妹である歩実とは、どこへ出掛けるにもいつも一緒だった。登下校も、遊びに行くにも、二人でワンセットだとでもいうように、俺たち兄妹はいつでも行動を共にしていた。

もちろん仲は良かったけれど、内心では少し煩《わずら》わしく思う気持ちもあった。どうして自分ばかり面倒を見させられるのだと、少なからず自由を阻害《そがい》されることに不満を感じていたのだ。

それでも俺が歩実《あゆみ》をほったらかしにしなかったのには、母親の言いつけもあったがそれ以上に、歩実本人に一番の理由があった。

有《あ》り体《てい》に言って、歩実は「抜けた子」だった。常に注意散漫でよく転んでは生傷をつくり、ズレた言動で周囲から浮くこともしばしば。そのため目を離すに離せなかったのだ。

運動神経は最悪の一言、勉強の方もからっきしで、集団に馴染《なじ》めず友達も少ない。しかしそんな歩実にも、取り柄と呼べるものがひとつだけあった。

絵だ。歩実には、芸術方面に秀でた――いや、飛び抜けた才能が備わっていた。

初めはただのお絵かき遊びだった。アニメやマンガのキャラクターを、チラシの裏やノートに真似《まね》て描いたりと、誰だって子供時代に一度はやったことがあるだろう。

上手《うま》いなとは、子供ながらに思っていた。

なにせ歩実の描く絵は「そのまま」なのだ。まるでトレースしたように、見たそのままを精確に模写してしまう。それもお手本を見ながらではなく、一目見ただけで後は一気に描き上げてしまうという、常人では考えられない離《はな》れ業《わざ》を難なくやってみせていた。

やがて人の目に触れる機会も増え、歩実の絵は、作品として周囲から注目を集めるようになっていった。授業や行事で描いた絵は必ずと言っていいほど掲示《けいじ》されていたし、一度試しに送ってみた絵画《かいが》コンクールでは、見事に入選を果たしていた。

全校生徒が集まる朝礼の壇上で、ぎくしゃくした動きで表彰を受ける歩実の姿を見て、俺は幼いながらに理解した。

これが才能なんだ。歩実は、俺の妹は、特別な力を持って生まれた天才なんだ。

庇護《ひご》欲は、次第に期待へと変わっていった。

平凡な兄と違い、妹はきっと、この世の中で選ばれた何者かになれる。だとしたら自分がすべきことは、そこに至るまでの道筋を整えてやることだろう。

男親がいないこともあり、俺はすっかり保護者気分になっていた。

……そう、気分。俺が歩実に向ける気持ちは、結局その程度のものに過ぎなかった。

俺が思春期を迎えると、歩実との距離は次第に離れていった。仲違《なかたが》いをしたわけじゃなく、兄妹として自然な関係に落ち着いていったように思える。

そして高校卒業後、就職した俺が実家を出て、当時交際していた彼女と同棲《どうせい》生活を始めると、歩実とは顔を合わす機会もとんとなくなった。初めの方こそ頻繁《ひんぱん》に電話やメールでやり取りしていたものの、その様子を彼女に「シスコンだね」なんて茶化されるのが嫌で、俺は今まで以上に歩実を遠ざけるようになった。

「大した用事もないくせに連絡してくるな」

お前ももう高校生なんだから、いい加減、兄離れしてもらわないと困る。嘘《うそ》ではなかったが、それはあくまで建前《たてまえ》で、本音を言えば彼女との蜜月を邪魔されたくなかった。

幾分か不機嫌《ふきげん》に投げつけた言葉は効果てきめんで、それきり歩実からの連絡はパタリと途絶えた。次に歩実の声を聞いたのは、数ヶ月後の年末、俺が実家に帰省したときだった。

「にぃに、わたし、学校辞めたい」

だしぬけの相談に、俺は耳を疑った。理由を質《ただ》せば、学校でイジメを受けているというではないか。

「みんながわたしを笑うの。バカで、ブスで、ノリ悪いって、いつも笑われちゃう」

声を震わせながらの泣訴《きゅうそ》に、しかし俺はまともに取り合わなかった。なぜなら、歩実は幼い頃から被害妄想が顕著《けんちょ》で、こういった相談事は今に始まったことではなかったからだ。どうせ今回も、勝手に思い込みをこじらせて、ちょっとしたイジりを悪意ある行為として解釈しただけではないのか。俺はそう高を括《くく》ってしまった。

「男の子も女の子も不良ばっかり。そうじゃない子たちは、いつも教室のすみっこでひそひそしてる。わたしも、いつも一人ぼっち。友達、全然できないの。寂《さび》しいよ。転校したい。中学のときに仲良しだった子たちと一緒の学校がいい」

歩実が通う高校は、不良と勉強のできない陰キャばかりが集まる、偏差値最底辺の教育困難校だった。気弱で口下手《くちべた》な歩実にとって、さぞ肩身が狭い環境だろうことは想像に難くない。

だが、

「転校？　バカ言うな」

口をついて出た言葉は、慰めではなく叱責《しっせき》だった。

「受験で頑張れなかったお前が悪いんだろ」

元々、歩実が進学を望んだ高校は別にあった。偏差値五十ほどの、平均的な私立校。中学時代の級友も多くが進学先とし、県内でも珍しく美術科が設置されていたことから、美大への進学を目指していた歩実はそこを第一志望としたのだ。

しかしあえなく受験に失敗し、受かったのは滑り止めで受けていた底辺高校だけだった。

そんな経緯があったからこそ、俺の耳には歩実の訴えが、単なる我儘《わがまま》に聞こえてしまった。

いくら勉強が苦手でも、必死に励めば平均ぐらいの学力は身につけられたはず。なのに望ましい結果が出なかったのは、ひとえに当人の頑張りが足りなかったせいだろう。

そうやって俺は、問題の根幹を本人の怠慢《たいまん》、すなわち自助努力の欠如《けつじょ》に求めたのだ。そして、

「自己責任だ」

諸々《もろもろ》の訴え、その全《すべ》てを、そんな一言で一蹴《いっしゅう》した。

決して見捨てたわけじゃない。事実それからも俺は、歩実への援助を惜しまなかった。通っていた絵画教室の月謝は必ず仕送っていたし、来たるべき美大受験に向けて貯金を積み立ててもいた。

しかしそれらは、なにひとつとして報われることなく結末を迎えることになる。

翌年の夏、九月一日。

一年のうちで最も学生の自殺が多発するその日に、歩実もまた、この世に別れを告げたのだ。

当時の自分が訃報《ふほう》をどう受け止めたのか、今となっては判然としない。きっと、受け止めきれていなかったんだろう。事後処理に追われる最中も、どこか現実離れした感覚があって、なにもかも他人事のように思えてしかたなかった。

実際、俺は一連の出来事に深く関われてはいなかった。歩実が二年に進級してから登校拒否気味になっていたこと、そのせいで母との関係をこじらせていたこと、夏休みに家出し、ネットで知り合った男の元に身を寄せていたこと、全て後から知ったことだ。

なぜ相談しなかったのかと、母を責める気にはなれなかった。実家を出て独り立ちした息子に余計な心配はかけたくないと、そう考えて一人で抱え込んだことぐらいは、俺にだって察せられた。

身内を失っても、いっそ不気味なほど波立たない俺の感情は、しかしその後、日常の中で徐々《じょじょ》に変化を見せていくことになる。

始まりはただの不機嫌だった。なんとなく気分が晴れない、無性にイライラする――ストレスが溜まっているんだろうと気晴らしになにかしてみても、一向に解消される気配はない。むしろ苛立《いらだ》ちは酷《ひど》くなるばかりで、やがて俺は、些細《ささい》なことにも過敏に反応する気短な人間へと変わっていった。

下世話《げせわ》な話に花を咲かせる職場の同僚たち。

道端にゴミをポイ捨てするうらぶれた猫背のサラリーマン。

深夜のロータリーでスケボーの練習に励むB系ファッションの若者。

公園のベンチを我が物顔で寝床にする路上生活者。

それまではなんとも思わなかった、思っても流すことができた他人の行状が酷く気に障り、ときに声を荒らげて嚙《か》みつきもした。

行き場のない感情の捌《は》け口《ぐち》を求めていたんだろう。今ならそう、客観的に分析できる。

口論は日常となり、暴力沙汰を起こしたことも何度か。そうしてすっかり易怒《いど》性に取り憑《つ》かれた俺は、次第に友人からも、職場からも見放されていった。

時代は折しもリーマンショック直後の大不況。トラブルばかり起こす厄介者の首が切られないはずもなく、信頼ばかりか職さえも失った俺が行き着いたのは、唯一そばに居続けてくれた彼女のヒモだった。

パートナーの稼ぎを頼りに、昼間から酒をあおる自堕落《じだらく》な日々。再起を願う彼女からの励ましもただただ耳障りで、傷心を盾《たて》に現実から逃避する毎日。

しかしそんな生活がいつまでも続くわけなく、やがて愛想尽かされて家を追い出された俺は、そこから底無しの穴へ放り出されたように尾羽《おは》打ち枯らしていった。

敷金・礼金不要の、いかにもいわくありげなゼロゼロ物件。

明かり取りの窓すらない、ベニヤ板で仕切られただけの脱法ハウス。

落ちぶれ、流れ着いたそんな場所で、出会う奴《やつ》らはどいつもこいつも、死んだ魚の目をした流れ者《バガボンド》。無論、自分とてその一員に相違ない。

なにもやる気が起きなかった。食欲すら失《う》せていった。

なにしろなにを食べてもろくに味がしない。米を食えば粘土《ねんど》のようだし、ハンバーガーはまるで油を吸ったスポンジ、肉は嚙み切れるゴムチューブそのもの。

それでも律儀にやってくる空腹がうざったく、懲《こ》らしめるため空《す》きっ腹にぶち込むのは、決まって度数の高いアルコール。リッターあたり千円未満の安ウイスキーを、恥ずかしげもなく瓶《びん》から直接ラッパ飲み。

繰り返す暴飲。重度の酩酊《めいてい》に前後不覚。天地さえ定かでなく、やがて生死の境すらも曖昧《あいまい》に。

俺は今、生きているのだろうか？

生きていると言えるのか、これで？

息を吸って吐くことが生ける者の証明だとしたら、肺の奥深くまでセブンスターの煙を吸い込み、アルコールで焼けた喉《のど》から殺虫剤みたいな臭いのげっぷを吐く、これもまた命の証《あか》し？

一丁前に生命論を展開する、亡者以上、生者未満の生ける屍《しかばね》。

こんな調子で漫然《まんぜん》と生き長らえるくらいなら、いっそ大人しく土に還《かえ》ってしまうのが得策か。

鎌首《かまくび》をもたげる希死念慮《きしねんりょ》に、しかし身を委《ゆだ》ねる度胸もなく。結局俺が帰り着けたのは、決して戻るまいと心に決めていたはずの実家だった。

遠い昔に出ていった土建屋の父が、廃屋《はいおく》同然の古屋を二束三文で買い取って、手ずからリフォームした木造平屋の一軒家。

いまだ夢見の舞台になるほどたくさんの思い出が詰まっている場所だからこそ、まざまざと見せつけられる今昔の落差に、どうしようもなく胸を抉《えぐ》られた。

触れればポロポロとはがれ落ちる粗悪な珪藻土《けいそうど》の壁も、年月と共に柱へ刻み込んだ二人分の成長記録も、母に見つからないようこっそりテーブルの裏に貼《は》り付けたキャラ物のシールも、なにも変わらずそこにあるからこそ、変わり果ててしまった我が身には大層堪《こた》えるもので。

それは母も同様だったらしい。

「引っ越しましょうか」

反対する理由も、気力もなかった。

もはや物を捨てることすら億劫《おっくう》で、機械のようにただ黙々とダンボールに荷物を詰め込む作業の途中――俺は、それを見つける。

歩実の学習机、その引き出しの奥深く。いつかの誕生日にプレゼントしてやった、二十四色のコピックスケッチの下敷きになっていたそれは、少女趣味な洋封筒に収められた二通の手紙で、一通は母に宛てたもの、もう一通は俺に宛てたものだった。

無理解な兄への怨嗟《えんさ》を綴《つづ》った置き手紙だろうか。抱いた恐怖は、しかし好奇心に押し退《の》けられて、震える指先が恐る恐る十字折りの紙片を開く。

予期した恨み言は、そこにはなかった。

『にぃにへ
さいきん、あんまりお話しできてなくて、さびしいです
ほんとは会ってお話ししたいけど、きっと怒られちゃうので、手紙をかきます
ママとも、さいきんはケンカしてばかりで、ちゃんとお話しできていないので、ママにもかきます
このまえは、よわねをはいちゃってごめんなさい
ぜんぶにぃにのいうとおりで、わたしのせきにんです

だいいちしぼうにすべっちゃったのもわたしの頭がわるいからだし、いじめられるように
なったのも、わたしがブスだからです
もっといっぱい勉強しておけばよかったな
学校にアイプチなんてしてくんじゃなかった、ブスが色気づくなって言われちゃった（泣）
できのわるい妹でごめんなさい
ちっちゃなころからにぃににはいつもメイワクばかりかけてしまって、ごめんなさい
ごめんなさいばっかりで、ごめんなさい
ほんとはね、ありがとうっていいたいんだよ
ちっちゃいころ、いつもいっしょにあそんでくれてありがとう
自転車のうしろにのせてもらって、おっきな坂道かけおりるの、大好きだったよ
風がぶわ～って顔にあたって、きもちよかった
いっしょにおふろにはいってたときにやってた、台風ごっこ、おもしろかったね
ゆぶねのなかでオケをかぶって、上からシャワーながすやつだよ
大雨がふってるみたいで、ふたりしてはしゃいでたよね
そのあとママにいっぱい怒られちゃったけど（笑）
ゲームもいっぱいやったね
わたしは車のゲームがいちばん好きだったかな

だってほかのゲームじゃぜんぜんかてないんだもん
にぃにのトモダチにまぜてもらって、みんなであそんでるときが、いちばんたのしかった
どれもたのしいおもいでばっかりだけど、ちょっとだけかなしいこともあったね
にぃに、おぼえてるかな？　公園の池にいたカルガモさんのタマゴ、いつかえるんだろ
うって、まいにち見にいってたのに、だれかがわっちゃったんだよ
ひどいよね、われちゃったらもう、元にはもどらないのに
わたしたちもおんなじなのかな
かぞくも、いちどこわれちゃったら、もう元にはもどれないのかな
そんなこと

手紙は、そこで唐突に終わっていた。

書きかけで投げ出したのではなく、もうペンを握りたくても握れなかったんだろう。

涙の跡が乾いて凸凹《でこぼこ》になった便せんの紙面が、なによりも雄弁《ゆうべん》に妹の心情を物語っていた。

どれほどの気持ちを抱え込みながら、歩実はこの手紙を綴ったのだろう。そう考えると、きつく閉じた目蓋《まぶた》の下からでも際限なく涙はあふれた。

どうしようもなく胸が締めつけられる一方で、しかし俺は、心のどこかで安堵していた。

ずっと怖《おそ》れていたのだ。歩実は俺を恨んでいたんじゃないのか？　ＳＯＳをにべもなく打

ち捨てた冷血な兄を、憎しみながら逝《い》ったのではないか、と。

けど、そうじゃなかった。

本心はわからない。この手紙は、もしかしたら一時の感傷に流されて書かれた程度のものに過ぎないのかもしれない。

それでも俺は、紙をふやかせインクをにじませた涙滴《るいてき》の、その一滴の重さこそ信じたかった。

底付き、という言葉がある。

あるいは底付き体験とも。なにかに依存したり、それまで身勝手に生きてきた人間が、このままじゃいけないと、自分を見つめ直すきっかけとなる出来事を指す言葉だ。

俺にとって、この瞬間こそがまさにそれだった。

書き損なった手紙に宿る、有り余るほどのメッセージが、もう一度立ち上がるための底として、己《おのれ》の礎《いしずえ》となったのだ。

確固とした生きる意味を見出したわけじゃない。ただ、「このままではダメだ」と。

理想も掲《かか》げず、目標すら定めず、「このままではダメだ」——ただそれだけを一心に、俺はがむしゃらに体を動かした。

店頭の求人ポスターを見て飛び込んだ、コンビニのアルバイト。人手不足の現場は無我夢中になるにはうってつけで、身を粉にして働く三百六十五日。

傍目《はため》には精勤に映ったか、やがて望外な社員登用。いまや責任者として自分の店を構えるご大層な身分だ。

この業界で働き始めてから、特に店長になってからというもの、俺は頻繁に「優しい」という評価を受けるようになった。

失敗を糾弾《きゅうだん》しない寛大《かんだい》な姿勢や、プライベートな相談事にも時間を割いて付き合う面倒見の良さが、従業員からの信頼に繋《つな》がったように思える。

褒められて悪い気がするわけもない。けれど、どうしたって後ろ暗い気持ちが伴ってしまうのは、自分のそういった部分が、過去に対する負い目から生まれているものに過ぎないと自覚しているからだ。

周りから持ち上げられているほど、俺は思いやりに満ちあふれた善人なんかじゃない。

実際の俺は、いつまでも過去の不出来を引きずり、羹《あつもの》に懲りて膾《なます》を吹いているだけの臆病者《おくびょうもの》だ。

だとしたら。

こんな贖罪紛《しょくざいまが》いの寛容《かんよう》さを人が優しさと呼ぶのなら、俺は、優しい人間になんてなりたくなかった。

角が立たない程度に利己的な、狡賢《ずるがしこ》い人間になりたかった。

自分勝手な価値観を平気で人に押しつけられる、愚かな自信家のままでいたかった。

失うことで目が覚めるくらいなら、なにも失わずに、ずっと目覚めないでいた方がよほどましだった。

今にして思う。歩実はなんらかの、生得的《せいとくてき》な問題を抱えていたのではないだろうか。

人間関係の不得手《ふえて》さや、飛び抜けた芸術の才能も、それが起因していたのでは？

本やネットで聞きかじった程度の、半端《はんぱ》な知識しか持たない門外漢の自分が、素人《しろうと》判断で決めつけちゃいけないことは理解している。

それでもひとつだけ、いつもそばにいた立場だからこそ、確信を持って言えることがある。

歩実は――「普通」にはなれない人間だった。

人が当たり前にできることができない、努力しても人並みになれない、そんな子だった。

それがもし、能力や性格の問題ではなく、生まれ持ったなにかを根とするものだったとしたら、本人に如何《いか》なる落ち度があったというのか。

それはきっと――いや絶対に、「努力が足りない」なんて一言で終わらせていい問題じゃない。

押しつけて済ませるような、そんな手っ取り早い解決は、絶対に間違っている。

『自己責任』――何気なく使えていたはずの言葉が、今は怖気《おぞけ》がするほど恐ろしい。

あのとき、学校を辞めたいと涙ながら訴えた歩実に、正論として突き刺した「自己責任だ」という言葉の刃、その刃渡りは如何ばかりだったろう。

それこそが、致命に達する一刺しになったのではないか？

いまさら後悔したところで、なにが変わるわけでもない。

それをわかっていてもなお、後悔せずにはいられない。

自責の念は少しだって色褪《あ》せることなく、明瞭《めいりょう》な悔やみ言葉となって、今も変わらず心の中で繰り返される――


弱さこそ理解し、受け入れてやるべきだった。

不足を認めるところから、始めるべきだった。

陰日向《かげひなた》になり、支えとなってやるべきだった。


――そうすることができていれば、呼んでもらえていただろうか。

「にぃに」なんて子供っぽい呼び方じゃなく、年相応に「お兄ちゃん」と、そう呼んでもらえる未来を迎えられていただろうか。

通り一遍《いっぺん》の叱咤《しった》とか、金銭的な援助とか、そんなわかりやすい形での支援に終始するだけで役目を果たした気になっていた、かつての己の底の浅さに、どうしようもないほど虫唾《むしず》が走る。

帰するところ俺が欲しかったのは、「自分は家族思いな人間なんだ」という、程度の知れた自己満足だったのかもしれない。

なにもかも変わってしまった夏の終わりから、もう十年近い歳月が流れた。

後悔は消えずとも、傷心はすっかり癒《い》えたはずだと、そう思っていた。

けどそれは、単なる思い込みにすぎなかったんだろう。

俺はただ——

ただ偶然、店長になっただけで。

ただ徒《いたずら》に、収入が増えただけで。

ただ毎日、制服を着てるだけで。

新しい多くを手に入れることはできても、なくしたものを取り戻すことだけは、果たせちゃいなかった。

だから俺は、その埋め合わせをJKリフレに——明莉《あかり》との関係に求めたのだ。

損なった過去を回復するための湯治《とうじ》として、金で買える温い幻想に浸《ひた》っていたのだ。

住処《すみか》を与えてやったことも、身銭を切って尻拭《しりぬぐ》いしてやったことも、だから全部自分のため。

あの頃《ころ》の自分とは違うのだと、免罪符《めんざいふ》代わりの証明が欲しかっただけ。

指摘された通りの、独《ひと》り善《よ》がりなただの自慰《じい》だ。

そこを認めきらなきゃ、きっと前には進めない。

「善かれと思って」なんて言葉で、自分を都合《つごう》良く正当化しちゃいけない。

そうでなきゃ、結局はまた同じことの繰り返しだ。

俺はもう、この先に待つ人生の中で、取り戻せないものをなにひとつとして増やしたくはない。

かといって、一度見つけてしまった大切なものに見切りをつけられるほど、無私無欲な人間でもいられない。

だとしたら、その我儘の責任を果たすのは、他の誰でもない自分自身だ。


自己責任。


きっとこの言葉は、他人を迫害するために振り回すことが許されるほど、気安い代物《しろもの》なんかじゃない。

なんでもないこの一言に孕《はら》む、恐ろしいまでの加害性を、実際に加害者となることで思い知った身だからこそ言える。

借り物ではない、まぎれもない自分自身の言葉として、今はっきりと言い切れる。

自己責任。この言葉はきっと。

誰かに問うのではなく、自ら背負うことで初めて正しく機能する、そういう種類の——

自分にしか重さがわからない、孤独な言葉でなくちゃいけないんだ。

「だから──……………」

言葉の続きが、出てこない。

喉に詰め物でもされたみたいに、吸い込んだ空気が体から出ていかない。

「……………」

なにを躊躇《ちゅうちょ》しているんだ。話をするために、ここまで来たんじゃないのか。

一から十まで事細かに説明する必要はない。要点だけかいつまんで、ちょっとした昔語りでもするみたいに、さらっと伝えればいいんだ。

「……っ……」

理屈は整っている、心構えもしてきたつもりだ。だというのに、声帯は震えることなく、その代わりというように唇がわなわなと震えだしてしまう。

やがて震えは指先まで伝播《でんぱ》し、操作を誤ったキャラクターがコースをはみ出して、そのまま壁に突っ込んでいった。

「広巳さん？」

リトライもせず、コントローラーを握ったまま硬直していると、横合いから心配げな声をかけられた。

反射的に視線を向ける先にあるのは、数週間ぶりのお目見えとなる制服姿だ。

極端に短いプリーツスカートも、気怠《けだる》げに着崩したブレザーも、記憶の中にある野暮《やぼ》ったさを絵に描いたようなそれとは、まるで似ても似つかない。

こうも面影《おもかげ》は重ならないというのに、思い出を想起してしまうのはどうしてなんだろう。

源氏名《げんじな》が、同じだったからか？

お兄ちゃんと、呼ばれたからか？

くだらない。そんなのただの偶然にすぎなくて、理由以下の些細《ささい》なきっかけでしかないのに。

……あるいは、きっかけさえあれば、それでよかったのか？

都合良く傷口を埋めてくれる相手なら、誰でもよかったんじゃないか？

だとしたら、自分はなんて節操のない人間なんだろう。

新しく注《そそ》がれた懺悔《ざんげ》の思いに、今度こそはちゃんと言葉にしなければと、ますます気持ちは逸《はや》ってしまうが、

「――あれ？」

出てきたのは、そんな間の抜けた一言と、目尻から垂れる温かい液体だった。

「うわ、ちょ、待っ……違う違う……」

全く予期していなかった現象の訪れに、俺は酷く狼狽《ろうばい》してしまった。

なんとか引っ込めるべく、目蓋に力を込めたり、鼻をすすり上げたりと、必死に抵抗を試

みるが、その甲斐《かい》もなく涙は滂沱《ぼうだ》とあふれてくる。

「うっ、く、……はは、ごめ……こんな……うぁ……」

誤魔化し笑いも焼け石に水で、やがて言い訳の言葉すら、止めどない嗚咽《おえつ》に飲み込まれてしまった。

「広――どう――」

にじんでぼやけた視界の中、心配げに眉《まゆ》を寄せた明莉の表情がかろうじて見て取れる。なにか声をかけてくれているようだが、すっかり動転してしまった俺の耳には、それは意味ある言葉として届いてはこない。

それでも熱心に背中を撫《な》でてくれる手の温かさだけは確かで、俺はしばらく、その温《ぬく》もりに甘えさせてもらうことにした。

「……ぅ……っ……」

精神的外傷というのは、口に出せた時点で七割八割は癒えているものだとかなんとか、そんな話をどこかで聞いた覚えがある。

十年近くも経《た》てばそれぐらいには立ち直れていると、そう勝手に思い込んでいたのだが……ざまあない、蓋を開けてみればこの有り様だ。

どんな傷も時間が癒やしてくれる。そんなフレーズは流行歌ですっかり耳タコだけど――ふざけやがって。

とんだ嘘っぱちじゃねえか。

カサブタにすらなっちゃいねえよ。

「……っ……っ……」

この涙は、なんのために、誰のために流れているんだろう。

我がことながら不明瞭で、ただただこみ上げてくる感情に声を押し殺しながら、さめざめと泣き続けることしかできない。

なんとか平静を取り戻せたのは、タイマーが短い電子音を鳴らし、終了の時間が近づいていることを知らせた頃だった。

「——悪い、もう、大丈夫だ」

そう言って半ば無理矢理作った笑顔を見せてやると、背中にあった温もりが躊躇いがちに遠ざかっていった。

「……あー……なんだ……」

支離滅裂《しりめつれつ》で言葉足らずも甚《はなは》だしかったが、今はこれ以上、心の深い部分を言葉にして伝えられる自信がない。

それでもせめて、この場を訪れた最低限の目的だけは果たそうと、俺は理性を総動員させて口を開いた。

「俺は、ほら……お人好《ひとよ》しだからさ。金のことは、流石にやりすぎたかもだけど、こっちが好きでやったことだし、別に恩に着る必要なんてないんだよ」

　これでいい。

「それに俺、出不精だし、そもそも人付き合い自体少ないから、無駄《むだ》に金が貯まる一方なんだわ。そりゃちょっとは趣味に使ったりもするけど、必要なもんだけネットで取り寄せるだけだし、むしろ最近じゃそれすら面倒で、月によっちゃクレカの請求額一万切るときもあったりして」

　……これでいいのか？

「アラサーで、独身で、そこそこ収入あるのに、なんだこれって。自分の枯れっぷりに焦《あせ》ってさ。それで特に欲しいわけでもないのに、最新の家電製品買ってみたり……」

　――これで、いいわけない。

「………」

　ここまで恥を晒《さら》しておいて、いまさら建前なんかに頼ってどうする。

　だから明莉は出て行ったんじゃないか。この上《うわ》っ面《つら》だけの事なかれ主義こそが、偽善の押しつけになって戸惑いを与えたんじゃないか。

　頭で考えるな、理屈を持ち出すな、その場限りの言い訳を求めるな。

　本当に伝えたい気持ちなら体で発しろ。そうでなきゃ、並び立てる言葉全部が嘘だ。

　垂れてくる鼻水をズズッとすすり上げ、俺は体からこみ上げてくる気持ちを、そのままの形で言葉に変えた。

「ポテサラ」

「え？」

「もう全部、食っちまってさ。また食べたいんだ。だから……頼めないか」

「…………」

「帰ってきて、また、作ってくれないか」

「……いいの？」

「あぁ」

「……本当に、そんなことでいいの？」

「いいよ」

「またトラブル起こすかもしれないよ」

「職業柄慣れっこだ」

「……私がいても、迷惑じゃない？」

「概《おおむ》ね」

「……なにそれっ。そこは嘘でも、そんなことないよって言うとこじゃん」

「時々、面倒くさいと思う瞬間はある」

「……パンチ！」

「なんだよ」

「面倒くさいとか言うなっ、パンチパンチ！」

「ごめん、ごめんて」

やがて部屋の中に響き渡る、タイマーの不躾《ぶしつけ》な電子音。終わらせなければいけない時間がきたのだ。

「……じゃあ、もう少しだけ、お世話になります」

「……うん。こちらこそ」

「お金のことは、ちゃんと返したいけど、すぐには無理かも」

「それは……」

こちらが勝手にしでかしたことだ。請求するつもりなんてさらさらなかったが、それを直接伝えたところで、どうにも恩着せがましいニュアンスは否《いな》めない。

なにか気の利《き》いた言い回しはないだろうかと考えを巡らしてみた結果、俺のボキャブラリーは、次のような回答を導き出してみせた。

「ひとまずオプション代として受け取っておけばいいさ。――『同居』のオプション。百万なら、まぁ、妥当じゃないか」

なかなかウィットに富んだ返しじゃないだろうか。……そうでもない？　スベったか？

ユーモアのセンスに自信が持てず、不安を募らす俺を救ってくれたのは、

「そんな裏オプ聞いたことないし！　バカじゃん！」

というごもっともな意見と、歯茎までむき出しにした、年相応の無邪気な笑顔だった。

くしゃくしゃに綻んだその顔は、目蓋の裏に残るセピア色の面影と、ほんの少しだけ似ていた。

エピローグ

epilogue

料理が得意かと聞かれたら、不得意ではないという意味で「得意だ」と答えられるけど、趣味や特技のひとつとして挙げられるかといえば、残念だけどそれはノーだ。

レパートリーなんてたかが知れてるし、品目はどれも一般的な家庭料理ばかりで、凝ったものなんてろくに作れやしない。

ネットで調べればレシピなんていくらでも見つけられるけど、わざわざそこまでするのもなぁと、どうしても億劫《おっくう》が顔を出してしまう。

「切る・焼く・煮る・炒《いた》める」で完結できないものと、「さしすせそ」に含まれないようなマイナーな調味料が必要になるものは作らない、それが私の料理におけるスタンスだった。

基本的に物ぐさな性格、なんだと思う。それでも一応、台所に立って包丁を握るのは、女としての義務感みたいな感情に突き動かされているから、なのかもしれない。

奥ゆかしさなんて欠片《かけら》もないし、大和撫子《やまとなでしこ》を気取るつもりもないけど、案外そのあたり、古風な考えの持ち主だったり。

あるいは強迫観念だろうか。女としてちゃんと機能しなければ、自分の価値が揺らいでしまう――そんな後ろ向きな気持ちも、なきにしもあらずといったところ。

閑話休題。

手料理という名目を得るために、日頃《ひごろ》は簡単な料理ばかり作っている私だったけど、今夜ばかりはひと味違う。

とは言っても、元々の技量が推して知るべしなので、ひと味違ったところで立派なご馳走《ちそう》が作れるわけでもないいんだけど。

選んだメニューは家庭料理のド定番、みんな大好きカレーライス。

普段ならパッケージ裏に記された手順通りに作るだけだけど、今回は小癪《こしゃく》にも、自分なりに一手間かけて作ってみた。

細かく刻んだタマネギをあめ色になるまで炒めてから加えてみたり、隠し味でちょっとお高めなインスタントコーヒーの顆粒《かりゅう》を使ってみたり。いつも疎《おろそ》かにしてしまう灰汁《あく》取りも、やりすぎなくらい丹念《たんねん》にやってやった。すると、

「……おぉ～！」

味見をしてみて、その出来映えに我ながら舌を巻く。

「やっば！　お店で出せるレベルじゃん！」

流石《さすが》にそれは過大評価で、手間暇《てまひま》かけた分だけ欲目が働いているとは思う。ただ少なくとも、自分がこれまで作ってきた中では、文句なしに最高傑作と言い張れるレベルの美味《おい》しさだ。

冷蔵庫の中には要望のあったポテサラも用意してあるし、準備万端、後は広巳《ひろみ》さんの帰宅を待つだけ。

「まだかな……」

時刻は現在、夜の八時を回ったあたり。広巳さんの帰宅は、いつもならもう少し遅くなるところだけど、今夜はどうだろう。今日は早めに帰るとは言っていたけど。

連絡してみようかな。そう思い立って手に取ったスマホの、暗い液晶に映り込む自分のにやけ面《づら》を見て、私はハッと我に返った。

家主の帰りを待ちわびるなんて、今まで何人かの男の元でやっかいになってきた経験の中で、一度としてあっただろうか。

むしろ、一人でいられる時間こそが、自分にとって最も落ち着ける時間だったはずだ。

なのに、早く帰ってきてほしいって——一人でいる時間が寂《さび》しいって、そう思ってしまうのが、自分でも不思議で、なんとも面映《おもは》ゆい。

料理が大成功したせいで浮かれているのかも。きっとそうだ、そうに違いない。

「はよ帰ってこい〜〜〜」

腹いせみたいに、オタマで鍋《なべ》の中身を意味もなくかき混ぜる。

そしていいよいよ、じゃがいもが耐えきれず型崩れを起こし始めたあたりで、玄関の方向からガチャッと、鍵《かぎ》を開ける音が聞こえた。

「──おかえりっ」

自然と弾《はず》んでしまう声に、緩《ゆる》んでしまう頬《ほお》。

どうしたって有頂天になってしまう私に引き換え、広巳さんはいたって普段通りの調子だ。

仕事用の汚れたニューバランスを脱ぎながら、いかにも片手間といった感じに応《こた》えてみせる。


「ただいま」


……卑怯《ひきょう》だと思った。

目も合わせず呟《つぶや》かれた、その言葉は。

愛想《あいそ》もへったくれもない、ありふれた言葉だったくせに。

私の胸を、一瞬にしていっぱいにしやがるのだ。

「お？　この匂《にお》いはもしかして……カレーか？」

「え。……うん、そうだよ」

上手にできたんだから。そうドヤろうとする私の言葉をさえぎって、広巳さんの喜びに満ちた声が廊下に響いた。

「マジか！　ちょうど食べたい気分だったんだよ！」

キッチンまで来て鍋の中身を確かめながら、広巳さんはほくほく顔で呟く。

「レトルトじゃないカレーなんていつぶりだろ、いいねえ。……あ、そうだ、福神漬けってある？」

「ないけど」

自分が付け合わせ不要派だから用意しなかったけど、どうやら広巳さんは反対勢力の人だったらしい。

「おいおい、カレーのときに福神漬けを食べないなんて、お前それでも日本人か？」

「生粋《きっすい》の日本人ですけど」

「バッカ！　福神漬けをリスペクトできないやつに日本人が名乗れるか！」

「意味わかんなっ」

やけにハイテンションでボケる広巳さんに、不覚にも笑わされてしまった。

もしかして、気を遣ってくれているのかな。わざと戯《おど》けることで、出戻ってきた私が気まずくならないよう、空気を和《なご》ませてくれている？

そう思うと、少し悪い気もしたけど、嬉《うれ》しい気持ちの方がはるかに大きかった。

「ちょ、店戻って買ってくるわ！」

「……いいよ、私が行ってくるから。広巳さんは先にお風呂《ふろ》入っちゃって」

「そうか？　悪いな、じゃあ頼んだ」

そう言うと、広巳さんは手に持っていた財布をこちらに寄越《よこ》して、何食わぬ顔で風呂場へ向かっていった。

……狙《ねら》ってやっているのならとんでもない女たらしだけど、無意識でやっているとしても、それはそれでという話か。

財布を丸ごと託すなんて、「お前のことを信頼している」と言ってるようなものじゃないか。身持ちが堅いくせに、こういうところガバガバなんだから。

「そういうとこだぞ……もぉ……」

独り言を呟きながら、私はサンダルをつっかけて外に出た。

鍋から立ち上る湯気にあてられたか、はたまた別の理由からか、頬から首筋にかけてがやたらと熱っぽい。

「…………」

梅雨《つゆ》の到来を思わせる湿気を含んだ夜風に、涼を得ながら歩く道すがら。穏やかに流れる時間に少しだけ違和感を覚えて、ふと冷静になって現状を見つめ直す。

――これでいいんだろうか。

状況は、以前となにひとつとして変わっていない。変わった部分があるとすれば、無償だと思われていた広巳さんの善意にも、なにか訳があるのだとわかったことぐらいか。

それにしたって全《すべ》てがつまびらかにされたわけじゃない。納得できたかといえば、首を縦には振れないし、ちゃんと話してほしいという気持ちは、いまだ根強く心の中に居座っている。

でも……あんな姿を見せられた後じゃ、もう迂闊《うかつ》に追及することなんてできやしない。

それぐらいに、真摯《しんし》な涙だった。

単なる悲しみや苦しみでは済まされない、迫真の感情が宿る、そんな涙だった。

……いつかあの涙が、言葉に変わる日が来るだろうか。

嗚咽《おえつ》に詰まらせた「だから」の続きを、聞かせてもらえる日が来るだろうか。

それに相応《ふさわ》しい相手に、私は、なれるだろうか。

身も心も汚れた分際で、偉そうなことを言えた口じゃないことは百も承知している。

それでも。

身の程知らずにも思い描くそんな未来に、この今が地続きとなってくれるのなら、煩《わずら》いも、韜晦《とうかい》も、きっと助走になるはずだと、そう信じたい。

だから今は、もう少しだけ、このなあなあな関係に浸《ひた》っていようと思う。

日だまりと呼ぶには後ろめたく、日陰《ひかげ》と呼ぶには温かな、この、どっちつかずな関係に。

「～♪」

自信作の感想を早く聞かせてもらいたくて、アスファルトを蹴《け》る足下が自然と軽快になる。

男心を摑《つか》むには、まず胃袋から。

使い古された常套《じょうとう》手段は、いかにも王道で、道から外れて生きてきた私には不似合いかもしれないけど。

いいよね。少しくらい、ヒロインぶったってさ。

ほころび

「いらっしゃいませぇ～――あれ？　明莉《あかり》じゃん～」

お店に到着すると、見知った顔がレジに立っていた。

「舞香《まいか》、シフトだったんだ。おつかれ～！」

「おつかれ～。どうしたの？」

「ちょっち買い物にね～♪」

ダメだ、気持ちが浮かれちゃってどうしても口調が弾《はず》んでしまう。

怪しく思われないうちに、さっさと用事を済ませてしまおう。

「ねぇ、福神漬けってどこにある？」

「そのへん～」

「適当かっ。……お、あったあった」

お惣菜《そうざい》コーナーの中から目当ての物を手に取って、舞香が待つレジへと向かう。

そうしてカウンターの上に商品を置くも、どうやらこの気心の知れたコンビニ店員は、仕事よりも会話を優先するダメバイトのようだった。

「え、ていうか彼氏と別れたんでしょ～。やばいじゃん～」

「別にやばくはないけど」

「やばいよ～。同棲《どうせい》してたんでしょ？　住むとこないじゃん～」

「あ～……」

自分としてはバレたって構わないけど、広巳《ひろみ》さんの立場を考慮すれば、同居している事実は伏せておくに越したことはない。

「そのへんは、うん、なんとか」

言葉を濁してやり過ごそうとするも、恋バナやゴシップを大好物とする舞香が見逃してくれるわけもなく。

「そうなの～？　え、ていうか、超部屋着だし。近くに住んでるの？　もう新しい彼氏できたとか？」

「えっ？」

やばいやばい。『彼氏』って単語聞くだけで頬《ほほ》が緩んじゃう。

「いやぁ……まぁ？　一応、そんなとこかな？」

「やば～！　え、どんな人～？」

「べ、別にいいでしょっ。それより早く会計してよ」

「え～、あやしい～。――一一〇円で～す」

これ以上ぼろを出すわけにはいかない。疑いの眼差《まなざ》しには取り合わず、私は借り物の財布《さいふ》を開いた。

小銭入れを開けるも、しかし硬貨の類《たぐ》いはほとんど入っていない。それならと思ってお札の方を確かめるけど、そこにあるのは万札のみ。

たかが数百円の買い物で崩すのも悪いよなぁと、変に気を遣ってしまった私は、解決策としてクレジットカードを使うことにした。

「えっと……じゃ、これで」

「おっけ～。…………え、待って」

しかしそこで、クレカを受け取った舞香がやにわに深刻そうな声を出す。

「なに？　早くしてってば」

「明莉、その財布……どうしたの？」

「…………」

……違う、私は悪くない。悪いのは迂闊《うかつ》に財布なんか渡してきた広巳さんの方だ。

「ていうか、このクレジットカード……店長のやつなんだけど……」

ごめんやっぱ私も悪かった迂闊でした！

「え～！　なんでなんで⁉　どうゆうこと～⁉」

「……はぁ～」

一山越えてまた一山。

落ち着いた日常を過ごせるようになるには、どうやらもう少し、波乱を乗り越えていく必要があるみたいだった。

あとがき

お初にお目にかかります！　神田暁一郎《かんだぎょういちろう》と申します！

この度、第十三回ＧＡ文庫大賞にて金賞を賜《たまわ》り、本作がデビュー作となります！　よろしくお願いします！

『ただ制服を着てるだけ』、いかがだったでしょうか？　ラブコメ作品にしては重めのストーリー展開に、面食らった読者様も多かったと思われます。

業界ではラブコメがブームとなっている令和《れいわ》三年七月現在、甘々やストレスフリーな作品が支持を集める中で、果たしてこのような作風が受け入れられるのかどうか。正直、気が気でないです。

さて、書きたいことは山ほどあるのですが、紙幅にも限りがありますので、ここから先は謝辞で埋めさせていただきます。

まずは、選考に携《たずさ》わっていただいたＧＡ文庫編集部の皆様。至らぬ点どころか問題点だらけの本作に出版の機会を与えてくださったこと、本当に感謝しています。ありがとうございました。

続いて、担当編集の姫野《ひめの》氏。受賞の連絡からここまで、大変お世話になりました。いただいたアドバイスをもとに改稿作業を進める中で、「初稿は全てゴミである」というヘミングウェイの名言が、けだし真実であったことを思い知った次第《しだい》です。これからも御指導御鞭撻《ごしどうごべんたつ》のほどお願い申し上げます。

また、サブ担当の佐藤《さとう》氏にも大変なお力添えを頂きました。初めての打ち合わせで頂戴《ちょうだい》した「ヒューマンドラマはジャンルじゃありません！」という御言葉、肝《きも》に銘《めい》じてこれから取り組んでいこうと思います。ありがとうございました。

もちろん忘れてはなりません、イラストを担当していただいた40原先生。完成したイラストデータが届いてからもうしばらく経《た》ちますが、いまだに折に触れて眺《なが》める毎日が続いております！　素晴らしいイラストの数々をありがとうございました。

そして最後に、本書をお手に取っていただいた読者の皆様。有料無料問わず様々な娯楽で溢れる中、わざわざ拙著《せっちょ》を選んでいただきありがとうございました。『ただ制服』はお金と時間を費《つい》やして読むに値する物語に仕上がっていたでしょうか？　それだけが気がかりでなりません。

ではでは、今回はこのあたりで。次巻でまたお会いできたらいいですね。さようなら！

ファンレター、作品の
ご感想をお待ちしています

〈あて先〉

〒106－0032
東京都港区六本木2－4－5
ＳＢクリエイティブ（株）
ＧＡ文庫編集部 気付

「神田暁一郎先生」係
「40原先生」係

本書に関するご意見・ご感想は
右の QR コードよりお寄せください。

※アクセスの際や登録時に発生する通信費等はご負担ください。

https://ga.sbcr.jp/

ただ制服を着てるだけ

発　行　　2021年7月31日　初版第一刷発行
著　者　　神田暁一郎
発行人　　小川　淳

発行所　　SBクリエイティブ株式会社
〒106-0032
東京都港区六本木2-4-5
電話　03-5549-1201
03-5549-1167（編集）

装　丁　　AFTERGLOW

印刷・製本　中央精版印刷株式会社

ISBN978-4-8156-1177-4
Printed in Japan　GA文庫

お隣の天使様にいつの間にか
駄目人間にされていた件5
著：佐伯さん　画：はねこと

GA文庫

長い両片想いを経て、新たな関係性に一歩踏み出した周《あまね》と真昼《まひる》。お互いに未経験のことばかりに戸惑いながら、少しずつ距離を縮めていく。

学校でも二人のことで話題は持ち切りで、辟易する周だったが、顔を上げるようになった周の姿に周囲の見方も徐々に変わっていく。一方、その様子を見た真昼は、気が気でない様子で――

そして迎えた夏休み。二人きりででかけたプール。一緒に帰省することになった周の実家。これは積み重ねていく、二人の思い出の軌跡――

可愛らしい隣人との、甘く焦れったい恋の物語。

試読版は
こちら!

試読版は
こちら!

試読版は
こちら!